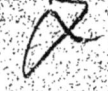

MARCEL PROUST

A LA RECHERCHE DU
TEMPS PERDU

TOME VII

ALBERTINE
DISPARUE

**

vingt-septième édition

nrf

PARIS

Librairie Gallimard

ÉDITIONS DE LA NOUVELLE REVUE FRANÇAISE

3, rue de Grenelle (VIᵐᵉ)

ALBERTINE DISPARUE

ÉDITIONS DE LA NOUVELLE REVUE
FRANÇAISE

ŒUVRES DE MARCEL PROUST

MARCEL PROUST

*A LA RECHERCHE DU
TEMPS PERDU*

TOME VII

ALBERTINE
DISPARUE

vingt-septième édition

nrf

PARIS

Librairie Gallimard

ÉDITIONS DE LA NOUVELLE REVUE FRANÇAISE

3, rue de Grenelle (vɪ^{me})

ALBERTINE DISPARUE

CHAPITRE PREMIER

Le chagrin et l'oubli.

« Mademoiselle Albertine est partie ! » Comme la souffrance va plus loin en psychologie que la psychologie ! Il y a un instant, en train de m'analyser, j'avais cru que cette séparation sans s'être revus, était justement ce que je désirais, et comparant la médiocrité des plaisirs que me donnait Albertine à la richesse des désirs qu'elle me privait de réaliser, je m'étais trouvé subtil, j'avais conclu que je ne voulais plus la voir, que je ne l'aimais plus. Mais ces mots : « Mademoiselle Albertine est partie » venaient de traduire dans mon cœur une souffrance telle que je ne pourrais pas y résister plus longtemps. Ainsi ce que j'avais cru n'être rien pour moi, c'était tout simplement toute ma vie. Comme on s'ignore. Il fallait faire cesser immédiatement ma souffrance. Tendre pour moi-même comme ma mère pour ma grand'mère mourante, je me disais, avec cette même bonne volonté qu'on a de ne pas laisser souffrir ce qu'on aime : « Aie une seconde de patience, on va te trouver un remède, sois tranquille,

7

on ne va pas te laisser souffrir comme cela. »
Ce fut dans cet ordre d'idées que mon instinct de conservation chercha pour les mettre
sur ma blessure ouverte les premiers calmants :
« Tout cela n'a aucune importance parce que je
vais la faire revenir tout de suite. Je vais examiner
les moyens, mais de toute façon elle sera ici ce
soir. Par conséquent inutile de me tracasser. »
« Tout cela n'a aucune importance », je ne m'étais
pas contenté de me le dire, j'avais tâché d'en
donner l'impression à Françoise en ne laissant
pas paraître devant elle ma souffrance, parce
que, même au moment où je l'éprouvais avec une
telle violence, mon amour n'oubliait pas qu'il lui
importait de sembler un amour heureux, un
amour partagé, surtout aux yeux de Françoise
qui, n'aimant pas Albertine, avait toujours douté
de sa sincérité. Oui, tout à l'heure, avant l'arrivée
de Françoise, j'avais cru que je n'aimais plus
Albertine, j'avais cru ne rien laisser de côté ; en
exact analyste, j'avais cru bien connaître le fond
de mon cœur. Mais notre intelligence, si grande
soit-elle, ne peut apercevoir les éléments qui le
composent et qui restent insoupçonnés tant que,
de l'état volatil où ils subsistent la plupart du
temps, un phénomène capable de les isoler ne leur
a pas fait subir un commencement de solidifica-
tion. Je m'étais trompé en croyant voir clair dans
mon cœur. Mais cette connaissance que ne m'a-
vaient pas donnée les plus fines perceptions de
l'esprit, venait de m'être apportée, dure, écla-

8

tante, étrange, comme un sel cristallisé, par la brusque réaction de la douleur. J'avais une telle habitude d'avoir Albertine auprès de moi, et je voyais soudain un nouveau visage de l'Habitude. Jusqu'ici je l'avais considérée surtout comme un pouvoir annihilateur qui supprime l'originalité et jusqu'à la conscience des perceptions ; maintenant je la voyais comme une divinité redoutable, si rivée à nous, son visage insignifiant si incrusté dans notre cœur que si elle se détache, si elle se détourne de nous, cette déité que nous ne distinguions presque pas, nous inflige des souffrances plus terribles qu'aucune et qu'alors elle est aussi cruelle que la mort.

Le plus pressé était de lire la lettre d'Albertine puisque je voulais aviser aux moyens de la faire revenir. Je les sentais en ma possession, parce que, comme l'avenir est ce qui n'existe que dans notre pensée, il nous semble encore modifiable par l'intervention *in extremis* de notre volonté. Mais en même temps, je me rappelais que j'avais vu agir sur lui d'autres forces que la mienne et contre lesquelles, plus de temps m'eût-il été donné, je n'aurais rien pu. A quoi sert que l'heure n'ait pas sonné encore si nous ne pouvons rien sur ce qui s'y produira. Quand Albertine était à la maison j'étais bien décidé à garder l'initiative de notre séparation. Et puis elle était partie. J'ouvris la lettre d'Albertine. Elle était ainsi conçue :

9

À LA RECHERCHE DU TEMPS PERDU

« Mon ami,

« Pardonnez-moi de ne pas avoir osé vous dire de vive voix les quelques mots qui vont suivre, mais je suis si lâche, j'ai toujours eu si peur devant vous, que même en me forçant, je n'ai pas eu le courage de le faire. Voici ce que j'aurais dû vous dire. Entre nous, la vie est devenue impossible, vous avez d'ailleurs vu par votre algarade de l'autre soir qu'il y avait quelque chose de changé dans nos rapports. Ce qui a pu s'arranger cette nuit-là deviendrait irréparable dans quelques jours. Il vaut donc mieux, puisque nous avons eu la chance de nous réconcilier, nous quitter bons amis. C'est pourquoi, mon chéri, je vous envoie ce mot, et je vous prie d'être assez bon pour me pardonner si je vous fais un peu de chagrin, en pensant à l'immense que j'aurai. Mon cher grand, je ne veux pas devenir votre ennemie, il me sera déjà assez dur de vous devenir peu à peu, et bien vite, indifférente ; aussi ma décision étant irrévocable, avant de vous faire remettre cette lettre par Françoise, je lui aurai demandé mes malles. Adieu, je vous laisse le meilleur de moi-même.

ALBERTINE. »

« Tout cela ne signifie rien, me dis-je, c'est même meilleur que je ne pensais, car comme elle ne pense rien de tout cela, elle ne l'a évidemment écrit que pour frapper un grand coup, afin que

10

je prenne peur, et ne sois plus insupportable avec elle. Il faut aviser au plus pressé : qu'Albertine soit rentrée ce soir. Il est triste de penser que les Bontemps sont des gens véreux qui se servent de leur nièce pour m'extorquer de l'argent. Mais qu'importe ? Dussè-je, pour qu'Albertine soit ici ce soir, donner la moitié de ma fortune à Mme Bontemps, il nous restera assez, à Albertine et à moi, pour vivre agréablement ». Et en même temps, je calculais si j'avais le temps d'aller ce matin commander le yacht et la Rolls Royce qu'elle désirait, ne songeant même plus, toute hésitation ayant disparu, que j'avais pu trouver peu sage de les lui donner. « Même si l'adhésion de Mme Bontemps ne suffit pas, si Albertine ne veut pas obéir à sa tante et pose comme condition de son retour qu'elle aura désormais sa pleine indépendance, eh bien ! quelque chagrin que cela me fasse, je la lui laisserai ; elle sortira seule, comme elle voudra. Il faut savoir consentir des sacrifices, si douloureux qu'ils soient, pour la chose à laquelle on tient le plus et qui, malgré ce que je croyais ce matin d'après mes raisonnements exacts et absurdes, est qu'Albertine vive ici.» Puis-je dire du reste que lui laisser cette liberté m'eût été tout à fait douloureux ? Je mentirais. Souvent déjà j'avais senti que la souffrance de la laisser libre de faire le mal loin de moi était peut-être moindre encore que ce genre de tristesse qu'il m'arrivait d'éprouver à la sentir s'ennuyer, avec moi, chez moi. Sans doute au moment même où

11

elle m'eût demandé à partir quelque part, la laisser faire, avec l'idée qu'il y avait des orgies organisées, m'eût été atroce. Mais lui dire : prenez notre bateau, ou le train, partez pour un mois, dans tel pays que je ne connais pas, où je ne saurai rien de ce que vous ferez, cela m'avait souvent plu par l'idée que par comparaison, loin de moi, elle me préférerait, et serait heureuse au retour. « Ce retour, elle-même le désire sûrement ; elle n'exige nullement cette liberté à laquelle d'ailleurs, en lui offrant chaque jour des plaisirs nouveaux, j'arriverais aisément à obtenir, jour par jour, quelque limitation. Non, ce qu'Albertine a voulu c'est que je ne sois plus insupportable avec elle, et surtout — comme autrefois Odette avec Swann — que je me décide à l'épouser. Une fois épousée, son indépendance, elle n'y tiendra pas ; nous resterons tous les deux ici, si heureux. » Sans doute c'était renoncer à Venise. Mais que les villes les plus désirées comme Venise (à plus forte raison les maîtresses de maison les plus agréables, comme la duchesse de Guermantes, les distractions comme le théâtre) deviennent pâles, indifférentes, mortes, quand nous sommes liés à un autre cœur par un lien si douloureux qu'il nous empêche de nous éloigner. « Albertine a d'ailleurs parfaitement raison dans cette question de mariage. Maman elle-même trouvait tous ces retards ridicules. L'épouser c'est ce que j'aurais dû faire depuis longtemps, c'est ce qu'il faudra que je fasse, c'est cela qui lui a fait écrire sa lettre dont elle

ne pense pas un mot ; c'est seulement pour faire
réussir cela qu'elle a renoncé pour quelques
heures à ce qu'elle doit désirer autant que je
désire qu'elle le fasse : revenir ici. Oui, c'est cela
qu'elle a voulu, c'est cela l'intention de son acte»
me disait ma raison compatissante ; mais je sentais qu'en me le disant ma raison se plaçait
toujours dans la même hypothèse qu'elle avait
adoptée depuis le début. Or je sentais bien que
c'était l'autre hypothèse qui n'avait jamais cessé
d'être vérifiée. Sans doute cette deuxième hypothèse n'aurait jamais été assez hardie pour for-
muler expressément qu'Albertine eût pu être liée
avec Mlle Vinteuil et son amie. Et pourtant,
quand j'avais été submergé par l'envahissement
de cette nouvelle terrible, au moment où nous
entrions en gare d'Incarville, c'était la seconde
hypothèse qui s'était déjà trouvée vérifiée. Celle-
ci n'avait ensuite jamais conçu qu'Albertine
pût me quitter d'elle-même, de cette façon, sans
me prévenir et me donner le temps de l'en empêcher. Mais tout de même si après le nouveau
bond immense que la vie venait de me faire faire,
la réalité qui s'imposait à moi m'était aussi nouvelle que celle en face de quoi nous mettent la
découverte d'un physicien, les enquêtes d'un
juge d'instruction ou les trouvailles d'un histo-
rien sur les dessous d'un crime ou d'une révolu-
tion, cette réalité en dépassant les chétives
prévisions de ma deuxième hypothèse pourtant
les accomplissait. Cette deuxième hypothèse

13

n'était pas celle de l'intelligence et la peur panique
que j'avais eue le soir où Albertine ne m'avait
pas embrassé, la nuit où j'avais entendu le bruit
de la fenêtre, cette peur n'était pas raisonnée.
Mais — et la suite le montrera davantage, comme
bien des épisodes ont pu déjà l'indiquer — de
ce que l'intelligence n'est pas l'instrument le plus
subtil, le plus puissant, le plus approprié pour
saisir le vrai, ce n'est qu'une raison de plus pour
commencer par l'intelligence et non par un intui-
tivisme de l'inconscient, par une foi aux pressen-
timents toute faite. C'est la vie qui peu à peu,
cas par cas, nous permet de remarquer que ce
qui est le plus important pour notre cœur, ou
pour notre esprit, ne nous est pas appris par le
raisonnement mais par des puissances autres. Et
alors, c'est l'intelligence elle-même qui se rendant
compte de leur supériorité, abdique par raisonnement devant elles, et accepte de devenir leur
collaboratrice et leur servante. C'est la foi expé-
rimentale. Le malheur imprévu avec lequel je
me retrouvais aux prises, il me semblait l'avoir
lui aussi (comme l'amitié d'Albertine avec deux
Lesbiennes) déjà connu, pour l'avoir lu dans
tant de signes où (malgré les affirmations con-
traires de ma raison, s'appuyant sur les dires
d'Albertine elle-même) j'avais discerné la lassitude, l'horreur qu'elle avait de vivre ainsi en
esclave, signes tracés comme avec de l'encre
invisible à l'envers des prunelles tristes et sou-
mises d'Albertine, sur ses joues brusquement

enflammées par une inexplicable rougeur, dans
le bruit de la fenêtre qui s'était brusquement
ouverte. Sans doute je n'avais pas osé les inter-
prêter jusqu'au bout et former expressément
l'idée de son départ subit. Je n'avais pensé, d'une
âme équilibrée par la présence d'Albertine, qu'à
un départ arrangé par moi à une date indéter-
minée, c'est-à-dire situé dans un temps inexistant ; par conséquent j'avais eu seulement l'illusion de penser à un départ, comme les gens se
figurent qu'ils ne craignent pas la mort quand
ils y pensent alors qu'ils sont bien portants et
ne font en réalité qu'introduire une idée purement
négative au sein d'une bonne santé, que l'approche
de la mort précisément altérerait. D'ailleurs l'idée
du départ d'Albertine voulu par elle-même eût
pu me venir mille fois à l'esprit, le plus clairement,
le plus nettement du monde, que je n'aurais pas
soupçonné davantage ce que serait relativement
à moi, c'est-à-dire en réalité, ce départ, quelle
chose originale, atroce, inconnue, quel mal entièrement nouveau. A ce départ, si je l'eusse prévu,
j'aurais pu songer sans trêve pendant des années,
sans que, mises bout à bout, toutes ces pensées
eussent eu le plus faible rapport, non seulement
d'intensité mais de ressemblance, avec l'inimaginable enfer dont Françoise m'avait levé le voile
en me disant : « Mademoiselle Albertine est
partie. » Pour se représenter une situation inconnue
l'imagination emprunte des éléments connus et
à cause de cela ne se la représente pas. Mais la

sensibilité, même la plus physique, reçoit comme le sillon de la foudre, la signature originale et longtemps indélébile de l'événement nouveau. Et j'osais à peine me dire que, si j'avais prévu ce départ, j'aurais peut-être été incapable de me le représenter dans son horreur, et même, Albertine me l'annonçant, moi la menaçant, la suppliant, de l'empêcher ! Que le désir de Venise était loin de moi maintenant ! Comme autrefois à Combray celui de connaître Madame de Guermantes, quand venait l'heure où je ne tenais plus qu'à une seule chose, avoir maman dans ma chambre. Et c'était bien en effet toutes les inquiétudes éprouvées depuis mon enfance, qui, à l'appel de l'angoisse nouvelle, avaient accouru la renforcer, s'amalgamer à elle en une masse homogène qui m'étouffait. Certes, ce coup physique au cœur que donne une telle séparation et qui par cette terrible puissance d'enregistrement qu'a le corps, fait de la douleur quelque chose de contemporain à toutes les époques de notre vie où nous avons souffert, certes, ce coup au cœur sur lequel spécule peut-être un peu — tant on se soucie peu de la douleur des autres — la femme qui désire donner au regret son maximum d'intensité, soit que, n'esquissant qu'un faux départ, elle veuille seulement demander des conditions meilleures, soit que, partant pour toujours — pour toujours ! — elle désire frapper, ou pour se venger, ou pour continuer d'être aimée, ou dans l'intérêt de la qualité du souvenir qu'elle laissera, briser

violemment ce réseau de lassitudes, d'indiffé-
rences, qu'elle avait senti se tisser, — certes, ce
coup au cœur, on s'était promis de l'éviter, on
s'était dit qu'on se quitterait bien. Mais il est
vraiment rare qu'on se quitte bien, car, si on
était bien, on ne se quitterait pas ! Et puis la
femme avec qui on se montre le plus indifférent
sent tout de même obscurément qu'en se fati-
guant d'elle, en vertu d'une même habitude, on
s'est attaché de plus en plus à elle, et elle songe
que l'un des éléments les plus essentiels pour se
quitter bien, est de partir en prévenant l'autre.
Or elle a peur en prévenant d'empêcher. Toute
femme sent que si son pouvoir sur un homme est
grand, le seul moyen de s'en aller, c'est de fuir.
Fugitive parce que reine, c'est ainsi. Certes, il y a
un intervalle inouï entre cette lassitude qu'elle inspirait il y a un instant et, parce qu'elle est partie,
ce furieux besoin de la ravoir. Mais à cela, en
dehors de celles données au cours de cet ouvrage
et d'autres qui le seront plus loin, il y a des raisons. D'abord le départ a lieu souvent dans le
moment où l'indifférence — réelle ou crue —
est la plus grande, au point extrême de l'oscillation du pendule. La femme se dit : « Non cela
ne peut plus durer ainsi », justement parce que
l'homme ne parle que de la quitter, ou y pense ;
et c'est elle qui quitte. Alors le pendule revenant
à son autre point extrême l'intervalle est le plus
grand. En une seconde il revient à ce point ;
encore une fois, en dehors de toutes les raisons

17

données, c'est si naturel. Le cœur bat ; et d'ailleurs
la femme qui est partie n'est plus la même que
celle qui était là. Sa vie auprès de nous trop
connue, voit tout d'un coup s'ajouter à elle les
vies auxquelles elle va inévitablement se mêler,
et c'est peut-être pour se mêler à elles qu'elle
nous a quitté. De sorte que cette richesse nouvelle
de la vie de la femme en allée rétroagit sur la
femme qui était auprès de nous et peut-être pré-
méditait son départ. A la série des faits psycho-
logiques que nous pouvons déduire et qui font
partie de sa vie avec nous, de notre lassitude trop
marquée pour elle, de notre jalousie aussi (et
qui fait que les hommes qui ont été quittés par
plusieurs femmes l'ont été presque toujours de
la même manière à cause de leur caractère et de
réactions toujours identiques qu'on peut calculer :
chacun a sa manière propre d'être trahi, comme
il a sa manière de s'enrhumer), à cette série pas
trop mystérieuse pour nous, correspondait sans
doute une série de faits que nous avons ignorés.
Elle devait depuis quelque temps entretenir des
relations écrites, ou verbales, ou par messagers,
avec tel homme, ou telle femme, attendre tel
signe que nous avons peut-être donné nous-
même sans le savoir en disant : « M. X. est venu
hier pour me voir », si elle avait convenu avec
M. X. que la veille du jour où elle devrait rejoindre
M. X., celui-ci viendrait me voir. Que d'hypothèses possibles ! Possibles seulement. Je cons-
truisais si bien la vérité, mais dans le possible seu-

lement, qu'ayant un jour ouvert, et par erreur, une lettre adressée à ma maîtresse, cette lettre écrite en style convenu et qui disait : « attends toujours signe pour aller chez le Marquis de Saint-Loup, prévenez demain par coup de téléphone », je reconstituai une sorte de fuite projetée ; le nom du Marquis de Saint-Loup n'était là que pour signifier autre chose, car ma maîtresse ne connaissait pas suffisamment Saint-Loup, mais m'avait entendu parler de lui et d'ailleurs la signature était une espèce de surnom, sans aucune forme de langage. Or la lettre n'était pas adressée à ma maîtresse, mais à une personne de la maison qui portait un nom différent et qu'on avait mal lu. La lettre n'était pas en signes convenus mais en mauvais français parce qu'elle était d'une Américaine, effectivement amie de Saint-Loup comme celui-ci me l'apprit. Et la façon étrange dont cette Américaine formait certaines lettres avait donné l'aspect d'un surnom à un nom parfaitement réel mais étranger. Je m'étais donc ce jour-là trompé du tout au tout dans mes soupçons. Mais l'armature intellectuelle qui chez moi avait relié ces faits, tous faux, était elle-même la forme si juste, si inflexible de la vérité que quand trois mois plus tard ma maîtresse, qui alors songeait à passer toute sa vie avec moi, m'avait quitté, ç'avait été d'une façon absolument identique à celle que j'avais imaginée la première fois. Une lettre vint ayant les mêmes particularités que j'avais faussement attribuées

à la première lettre, mais cette fois-ci ayant bien
le sens d'un signal.

Ce malheur était le plus grand de toute ma
vie. Et malgré tout, la souffrance qu'il me
causait était peut-être dépassée encore par la
curiosité de connaître les causes de ce malheur
qu'Albertine avait désiré, retrouvé. Mais les
sources des grands événements sont comme
celles des fleuves, nous avons beau parcourir la
surface de la terre, nous ne les retrouvons pas.
Albertine avait-elle ainsi prémédité depuis longtemps sa fuite ; j'ai dit (et alors cela m'avait
paru seulement du maniérisme et de la mauvaise humeur, ce que Françoise appelait faire
la « tête ») que, du jour où elle avait cessé
de m'embrasser, elle avait eu un air de porter
le diable en terre, toute droite, figée, avec une
voix triste dans les plus simples choses, lente en
ses mouvements, ne souriant plus jamais. Je ne
peux pas dire qu'aucun fait prouvât aucune con-
nivence avec le dehors. Françoise me raconta
bien ensuite qu'étant entrée l'avant-veille du
départ dans sa chambre elle n'y avait trouvé
personne, les rideaux fermés, mais sentant à
l'odeur de l'air et au bruit que la fenêtre était
ouverte. Et en effet elle avait trouvé Albertine
sur le balcon. Mais on ne voit pas avec qui elle
eût pu, de là, correspondre, et d'ailleurs les
rideaux fermés sur la fenêtre ouverte s'expli-
quaient sans doute parce qu'elle savait que je
craignais les courants d'air et que, même si les

rideaux m'en protégeaient peu, ils eussent empêché
Françoise de voir du couloir que les volets étaient
ouverts aussi tôt. Non, je ne vois rien sinon un petit
fait qui prouve seulement que la veille elle savait
qu'elle allait partir. La veille en effet elle prit
dans ma chambre sans que je m'en aperçusse
une grande quantité de papier et de toile d'emballage qui s'y trouvait, et à l'aide desquels elle
emballa ses innombrables peignoirs et sauts de
lit toute la nuit afin de partir le matin ; c'est le
seul fait, ce fut tout. Je ne peux pas attacher
d'importance à ce qu'elle me rendit presque de
force ce soir-là mille francs qu'elle me devait,
cela n'a rien de spécial, car elle était d'un scrupule
extrême dans les choses d'argent. Oui, elle prit
les papiers d'emballage la veille, mais ce n'était
pas de la veille seulement qu'elle savait qu'elle
partirait ! Car ce n'est pas le chagrin qui la fit
partir, mais la résolution prise de partir, de renoncer à la vie qu'elle avait rêvée qui lui donna
cet air chagrin. Chagrin, presque solennellement
froid avec moi sauf le dernier soir où après être
restée chez moi plus tard qu'elle ne voulait, dit-
elle, — remarque qui m'étonnait venant d'elle
qui voulait toujours prolonger — elle me dit
de la porte : « Adieu, petit, adieu, petit. » Mais
je n'y pris pas garde au moment. Françoise m'a
dit que le lendemain matin quand elle lui dit
qu'elle partait (mais du reste c'est explicable
aussi par la fatigue, car elle ne s'était pas désha-
billée et avait passé toute la nuit à emballer, sauf

21

les affaires qu'elle avait à demander à Françoise et qui n'étaient pas dans sa chambre et son cabinet de toilette), elle était encore tellement triste, tellement plus droite, tellement plus figée que les jours précédents que Françoise crut quand elle lui dit : « Adieu, Françoise » qu'elle allait tomber. Quand on apprend ces choses-là, on comprend que la femme qui vous plaisait tellement moins que toutes celles qu'on rencontre si facilement dans les plus simples promenades, à qui on en voulait de les sacrifier pour elle, soit au contraire celle qu'on préfèrerait maintenant mille fois. Car la question ne se pose plus entre un certain plaisir — devenu par l'usage, et peut-être par la médiocrité de l'objet, presque nul — et d'autres plaisirs, ceux-là tentants, ravissants, mais entre ces plaisirs-là et quelque chose de bien plus fort qu'eux, la pitié pour la douleur.

En me promettant à moi-même qu'Albertine serait ici ce soir, j'avais couru au plus pressé et pansé d'une croyance nouvelle l'arrachement de celle avec laquelle j'avais vécu jusqu'ici. Mais si rapidement qu'eût agi mon instinct de conservation, j'étais, quand Françoise m'avait parlé, resté une seconde sans secours, et j'avais beau savoir maintenant qu'Albertine serait là ce soir, la douleur que j'avais ressentie pendant l'instant où je ne m'étais pas encore appris à moi-même ce retour (l'instant qui avait suivi les mots : Mademoiselle Albertine a demandé ses malles, Mademoiselle Albertine est partie), cette douleur

renaissait d'elle-même en moi pareille à ce qu'elle
avait été, c'est-à-dire comme si j'avais ignoré
encore le prochain retour d'Albertine. D'ailleurs
il fallait qu'elle revînt, mais d'elle-même. Dans
toutes les hypothèses, avoir l'air de faire faire
une démarche, de la prier de revenir irait à l'en-
contre du but. Certes je n'avais pas la force de
renoncer à elle comme je l'avais eue pour Gilberte.
Plus même que revoir Albertine, ce que je voulais,
c'était mettre fin à l'angoisse physique que mon
cœur plus mal portant que jadis ne pouvait plus
tolérer. Puis à force de m'habituer à ne pas
vouloir, qu'il s'agît de travail ou d'autre chose,
j'étais devenu plus lâche. Mais surtout cette
angoisse était incomparablement plus forte pour
bien des raisons dont la plus importante n'était
peut-être pas que je n'avais jamais goûté de
plaisir sensuel avec Mme de Guermantes et avec
Gilberte, mais que, ne les voyant pas chaque
jour, à toute heure, n'en ayant pas la possibilité
et par conséquent pas le besoin, il y avait en
moins, dans mon amour pour elles, la force
immense de l'Habitude. Peut-être, maintenant
que mon cœur, incapable de vouloir et de supporter de son plein gré la souffrance, ne trouvait
qu'une seule solution possible, le retour à tout
prix d'Albertine, peut-être la solution opposée
(le renoncement volontaire, la résignation progressive) m'eût-elle paru une solution de roman,
invraisemblable dans la vie, si je n'avais moi-
même autrefois opté pour celle-là quand il s'était

23

agi de Gilberte. Je savais donc que cette autre solution pouvait être acceptée aussi et par un même homme, car j'étais resté à peu près le même. Seulement le temps avait joué son rôle, le temps qui m'avait vieilli, le temps aussi qui avait mis Albertine perpétuellement auprès de moi quand nous menions notre vie commune. Mais du moins, sans renoncer à elle, ce qui me restait de ce que j'avais éprouvé pour Gilberte, c'était la fierté de ne pas vouloir être pour Albertine un jouet dégoûtant en lui faisant demander de revenir, je voulais qu'elle revînt sans que j'eusse l'air d'y tenir. Je me levai pour ne pas perdre de temps, mais la souffrance m'arrêta : c'était la première fois que je me levais depuis qu'Albertine était partie. Pourtant il fallait vite m'habiller afin d'aller m'informer chez son concierge.

La souffrance, prolongement d'un choc moral imposé, aspire à changer de forme ; on espère la volatiliser en faisant des projets, en demandant des renseignements ; on veut qu'elle passe par ses innombrables métamorphoses, cela demande moins de courage que de garder sa souffrance franche ; ce lit paraît si étroit, si dur, si froid où l'on se couche avec sa douleur. Je me remis sur mes jambes ; je n'avançais dans la chambre qu'avec une prudence infinie, je me plaçais de façon à ne pas apercevoir la chaise d'Albertine, le pianola sur les pédales duquel elle appuyait ses mules d'or, un seul des objets dont elle avait

24

usé et qui tous, dans le langage particulier que leur avait enseigné mes souvenirs, semblaient vouloir me donner une traduction, une version différente, m'annoncer une seconde fois la nouvelle de son départ. Mais, sans les regarder, je les voyais, mes forces m'abandonnèrent, je tombai assis dans un de ces fauteuils de satin bleu dont, une heure plus tôt, dans le clair obscur de la chambre anesthésiée par un rayon de jour, le glacis m'avait fait faire des rêves passionnément caressés alors, si loin de moi maintenant. Hélas ! je ne m'y étais jamais assis avant cette minute, que quand Albertine était encore là. Aussi je ne pus y rester, je me levai ; et ainsi à chaque instant, il y avait quelqu'un des innombrables et humbles « moi » qui nous composent qui était ignorant encore du départ d'Albertine et à qui il fallait le notifier ; il fallait, — ce qui était plus cruel que s'ils avaient été des étrangers et n'avaient pas emprunté ma sensibilité pour souffrir, — annoncer le malheur qui venait d'arriver à tous ces êtres, à tous ces « moi » qui ne le savaient pas encore, il fallait que chacun d'eux à son tour entendît pour la première fois ces mots : « Albertine a demandé ses malles » — ces malles en forme de cercueil que j'avais vu charger à Balbec à côté de celles de ma mère — « Albertine est partie. » A chacun j'avais à apprendre mon chagrin, le chagrin qui n'est nullement une conclusion pessimiste librement tirée d'un ensemble de circonstances funestes, mais la reviviscence intermittente et involontaire d'une impression spécifique, venue du dehors, et que nous n'avons pas choisie. Il y avait quelques-uns de ces moi que je n'avais pas revus depuis assez longtemps. Par exemple (je n'avais pas songé que c'était le jour du coiffeur) le moi que j'étais quand je me faisais couper les cheveux. J'avais oublié ce moi-là, son arrivée fit éclater mes sanglots, comme, à un enterrement, celle d'un vieux serviteur retraité qui a connu celle qui vient de mourir. Puis je me rappelai tout d'un coup que depuis huit jours j'avais par moments été pris de peurs paniques que je ne m'étais pas avouées. A ces moments-là je discutais pourtant en me disant : « Inutile n'est-ce pas d'envisager l'hypothèse où elle partirait brusquement. C'est absurde. Si je la confiais à un homme sensé et intelligent (et je l'aurais fait pour me tranquilliser si la jalousie ne m'eût empêché de faire des confidences) il me dirait sûrement : « Mais vous êtes fou. C'est impossible. » Et en effet ces derniers jours nous n'avions pas eu une seule querelle. On part pour un motif. On le dit. On vous donne le droit de répondre. On ne part pas comme cela. Non c'est un enfantillage. C'est la seule hypothèse absurde. » Et pourtant tous les jours, en la retrouvant là le matin, quand je sonnais, j'avais poussé un immense soupir de soulagement. Et quand Françoise m'avait remis la lettre d'Albertine, j'avais tout de suite été sûr qu'il s'agissait de la chose qui ne pouvait pas être, de ce départ en quelque

sorte perçu plusieurs jours d'avance, malgré les
raisons logiques d'être rassuré. Je me l'étais dit
presque avec une satisfaction de perspicacité dans
mon désespoir, comme un assassin qui sait ne
pouvoir être découvert, mais qui a peur et qui
tout d'un coup voit le nom de sa victime écrit
en tête d'un dossier chez le juge d'instruction
qui l'a fait mander. Tout mon espoir était qu'Albertine fût partie en Touraine, chez sa tante où
en somme elle était assez surveillée et ne pourrait
faire grand chose jusqu'à ce que je l'en ramenasse.
Ma pire crainte avait été qu'elle fût restée à Paris,
partie pour Amsterdam ou pour Montjouvain,
c'est-à-dire qu'elle se fût échappée pour se consa-
crer à quelque intrigue dont les préliminaires
m'avaient échappé. Mais en réalité en me disant
Paris, Amsterdam, Montjouvain, c'est-à-dire plusieurs lieux, je pensais à des lieux qui n'étaient
que possibles. Aussi, quand le concierge d'Albertine répondit qu'elle était partie en Touraine
cette résidence que je croyais désirer me sembla
la plus affreuse de toutes, parce que celle-là était
réelle et que pour la première fois torturé par la
certitude du présent et l'incertitude de l'avenir,
je me représentais Albertine commençant une
vie qu'elle avait voulue séparée de moi, peut-être
pour longtemps, peut-être pour toujours, et où
elle réaliserait cet inconnu qui autrefois m'avait
si souvent troublé, alors que pourtant j'avais le
bonheur de posséder, de caresser ce qui en était
le dehors, ce doux visage impénétrable et capté.

27

C'était cet inconnu qui faisait le fond de mon
amour. Devant la porte d'Albertine, je trouvai
une petite fille pauvre qui me regardait avec de
grands yeux et qui avait l'air si bon que je lui
demandai si elle ne voulait pas venir chez moi,
comme j'eusse fait d'un chien au regard fidèle.
Elle en eut l'air content. A la maison, je la berçai
quelque temps sur mes genoux, mais bientôt sa
présence, en me faisant trop sentir l'absence
d'Albertine, me fut insupportable. Et je la priai
de s'en aller, après lui avoir remis un billet de
cinq cents francs. Et pourtant, bientôt après,
la pensée d'avoir quelque autre petite fille près
de moi, de ne jamais être seul, sans le secours
d'une présence innocente, fut le seul rêve qui me
permît de supporter l'idée que peut-être Albertine
resterait quelque temps sans revenir. Pour Albertine elle-même, elle n'existait guère en moi que
sous la forme de son nom, qui, sauf quelques
rares répits au réveil, venait s'inscrire dans mon
cerveau et ne cessait plus de le faire. Si j'avais
pensé tout haut, je l'aurais répété sans cesse et
mon verbiage eût été aussi monotone, aussi
limité que si j'eusse été changé en oiseau, en un
oiseau pareil à celui de la fable dont le chant
redisait sans fin le nom de celle qu'homme, il
avait aimée. On se le dit, et comme on le tait, il
semble qu'on l'écrive en soi, qu'il laisse sa trace
dans le cerveau et que celui-ci doive finir par être,
comme un mur où quelqu'un s'est amusé à crayon-
ner, entièrement recouvert par le nom, mille fois

récrit, de celle qu'on aime. On le redit tout le
temps dans sa pensée, tant qu'on est heureux,
plus encore quand on est malheureux. Et de redire
ce nom, qui ne nous donne rien de plus que ce
qu'on sait déjà, on éprouve le besoin sans cesse
renaissant, mais à la longue, une fatigue. Au
plaisir charnel je ne pensais même pas en ce
moment ; je ne voyais même pas devant ma
pensée l'image de cette Albertine, cause pourtant
d'un tel bouleversement dans mon être, je n'apercevais pas son corps et si j'avais voulu isoler l'idée
qui était liée — car il y en a bien toujours quelqu'une — à ma souffrance, ç'aurait été alterna-
tivement, d'une part, le doute sur les dispositions
dans lesquelles elle était partie, avec ou sans esprit
de retour, d'autre part les moyens de la ramener.
Peut-être y a-t-il un symbole et une vérité dans
la place infime tenue dans notre anxiété par
celle à qui nous la rapportons. C'est qu'en effet
sa personne même y est pour peu de chose ; pour
presque tout le processus d'émotions, d'angoisses
que tels hasards nous ont fait jadis éprouver à
propos d'elle et que l'habitude a attaché à elle.
Ce qui le prouve bien c'est, plus encore que l'ennui
qu'on éprouve dans le bonheur, combien voir
ou ne pas voir cette même personne, être estimé
ou non d'elle, l'avoir ou non à notre disposition,
nous paraîtra quelque chose d'indifférent quand
nous n'aurons plus à nous poser le problème (si
oiseux que nous ne nous le poserons même plus)
que relativement à la personne elle-même, — le

processus d'émotions et d'angoisse étant oublié, au moins en tant que se rattachant à elle, car il a pu se développer à nouveau mais transféré à une autre. Avant cela, quand il était encore attaché à elle, nous croyions que notre bonheur dépendait de sa présence : il dépendait seulement de la terminaison de notre anxiété. Notre inconscient était donc plus clairvoyant que nous-même à ce moment-là en faisant si petite la figure de la femme aimée, figure que nous avions même peut-être oubliée, que nous pouvions connaître mal et croire médiocre, dans l'effroyable drame où de la retrouver pour ne plus l'attendre pourrait dépendre jusqu'à notre vie elle-même. Proportions minuscules de la figure de la femme, effet logique et nécessaire de la façon dont l'amour se développe, claire allégorie de la nature subjective de cet amour.

L'esprit dans lequel Albertine était partie était semblable sans doute à celui des peuples qui font préparer par une démonstration de leur armée l'œuvre de leur diplomatie. Elle n'avait dû partir que pour obtenir de moi de meilleures conditions, plus de liberté, de luxe. Dans ce cas celui qui l'eût emporté de nous deux, c'eût été moi, si j'eusse eu la force d'attendre, d'attendre le moment où, voyant qu'elle n'obtenait rien, elle fût revenue d'elle-même. Mais si aux cartes, à la guerre, où il importe seulement de gagner, on peut résister au bluff, les conditions ne sont point les mêmes que font l'amour et la jalousie, sans

parler de la souffrance. Si pour attendre, pour
« durer », je laissais Albertine rester loin de moi
plusieurs jours, plusieurs semaines peut-être, je
ruinais ce qui avait été mon but pendant plus
d'une année, ne pas la laisser libre une heure.
Toutes mes précautions se trouvaient devenues
inutiles, si je lui laissais le temps, la facilité de
me tromper tant qu'elle voudrait, et si à la fin
elle se rendait, je ne pourrais plus oublier le temps
où elle aurait été seule et, même l'emportant à la
fin, tout de même dans le passé, c'est-à-dire irré-
parablement, je serais le vaincu.

Quant aux moyens de ramener Albertine, ils
avaient d'autant plus de chance de réussir que
l'hypothèse où elle ne serait partie que dans l'espoir d'être rappelée avec de meilleures conditions,
paraîtrait plus plausible. Et sans doute pour les
gens qui ne croyaient pas à la sincérité d'Albertine, certainement pour Françoise, par exemple,
cette hypothèse l'était. Mais pour ma raison, à qui
la seule explication de certaines mauvaises humeurs, de certaines attitudes avait paru, avant que
je sache rien, le projet formé par elle d'un départ
définitif, il était difficile de croire que, maintenant
que ce départ s'était produit, il n'était qu'une
simulation. Je dis pour ma raison, non pour moi.
L'hypothèse de la simulation me devenait d'autant plus nécessaire qu'elle était plus improbable
et gagnait en force ce qu'elle perdait en vrai-
semblance. Quand on se voit au bord de l'abîme
et qu'il semble que Dieu vous ait abandonné,

on n'hésite plus à attendre de lui un miracle. Je reconnais que dans tout cela je fus le plus apathique quoique le plus douloureux des policiers. Mais la fuite d'Albertine ne m'avait pas rendu les qualités que l'habitude de la faire surveiller par d'autres m'avait enlevées. Je ne pensais qu'à une chose : charger un autre de cette recherche. Cet autre fut Saint-Loup qui consentit. L'anxiété de tant de jours remise à un autre me donna de la joie et je me trémoussai sûr du succès, les mains redevenues brusquement sèches comme autrefois et n'ayant plus cette sueur dont Françoise m'avait mouillé en me disant : « Mademoiselle Albertine est partie. »

On se souvient que quand je résolus de vivre avec Albertine et même de l'épouser, c'était pour la garder, savoir ce qu'elle faisait, l'empêcher de reprendre ses habitudes avec Mlle Vinteuil. Ç'avait été dans le déchirement atroce de sa révélation à Balbec quand elle m'avait dit comme une chose toute naturelle et que je réussis, bien que ce fut le plus grand chagrin que j'eusse encore éprouvé dans ma vie à sembler trouver toute naturelle, la chose que dans mes pires suppositions je n'aurais jamais été assez audacieux pour imaginer. (C'est étonnant comme la jalousie qui passe son temps à faire des petites suppositions dans le faux, a peu d'imagination quand il s'agit de découvrir le vrai). Or cet amour né surtout d'un besoin d'empêcher Albertine de faire le mal, cet amour avait gardé dans la suite la trace de son origine. Etre avec elle m'importait peu pour peu que je pusse empêcher « l'être de fuite » d'aller ici ou là. Pour l'en empêcher je m'en étais remis aux yeux, à la compagnie de ceux qui allaient avec elle et pour peu qu'ils me fissent le soir un bon petit rapport bien rassurant mes inquiétudes s'évanouissaient en bonne humeur.

M'étant donné à moi-même l'affirmation que, quoi que je dusse faire, Albertine serait de retour à la maison le soir même, j'avais suspendu la douleur que Françoise m'avait causée en me disant qu'Albertine était partie (parce qu'alors mon être pris de court avait cru un instant que ce départ était définitif). Mais après une interruption, quand d'un élan de sa vie indépendante la souffrance initiale revenait spontanément en moi, elle était toujours aussi atroce, parce que antérieure à la promesse consolatrice que je m'étais faite de ramener le soir même Albertine. Cette phrase qui l'eût calmée, ma souffrance l'ignorait. Pour mettre en œuvre les moyens d'amener ce retour, une fois encore, non pas qu'une telle attitude m'eût jamais très bien réussi, mais parce que je l'avais toujours prise depuis que j'aimais Albertine, j'étais condamné à faire comme si je ne l'aimais pas, ne souffrais pas de son départ, j'étais condamné à continuer de lui mentir. Je pourrais être d'autant plus énergique dans les moyens de la faire revenir que personnellement j'aurais l'air d'avoir renoncé à elle. Je me proposais d'écrire à Albertine une lettre d'adieux où

33

je considérerais son départ comme définitif, tandis
que j'enverrais Saint-Loup exercer sur Mme Bontemps et, comme à mon insu, la pression la plus
brutale pour qu'Albertine revînt au plus vite.
Sans doute j'avais expérimenté avec Gilberte le
danger des lettres d'une indifférence qui, feinte
d'abord, finit par devenir vraie. Et cette expérience aurait dû m'empêcher d'écrire à Albertine
des lettres du même caractère que celles que
j'avais écrites à Gilberte. Mais ce qu'on appelle
expérience n'est que la révélation à nos propres
yeux d'un trait de notre caractère, qui naturellement reparaît, et reparaît d'autant plus forte-
ment que nous l'avons déjà mis en lumière pour
nous-même une fois, de sorte que le mouvement
spontané qui nous avait guidé la première fois
se trouve renforcé par toutes les suggestions du
souvenir. Le plagiat humain auquel il est le plus
difficile d'échapper, pour les individus (et même
pour les peuples qui persévèrent dans leurs fautes
et vont les aggravant) c'est le plagiat de soi-même.

Saint-Loup que je savais à Paris avait été
mandé par moi à l'instant même ; il accourut
rapide et efficace comme il était jadis à Doncières
et consentit à partir aussitôt pour la Touraine.
Je lui soumis la combinaison suivante. Il devait
descendre à Chatellerault, se faire indiquer la
maison de Mme Bontemps, attendre qu'Albertine
fût sortie, car elle aurait pu le reconnaître. « Mais
la jeune fille dont tu parles me connaît donc ? »,
me dit-il. Je lui dis que je ne le croyais pas. Le

projet de cette démarche me remplit d'une joie infinie. Elle était pourtant en contradiction absolue avec ce que je m'étais promis au début : m'arranger à ne pas avoir l'air de faire chercher Albertine ; et cela en aurait l'air inévitablement, mais elle avait sur « ce qu'il aurait fallu » l'avantage inestimable qu'elle me permettait de me dire que quelqu'un envoyé par moi allait voir Albertine, sans doute la ramener. Et si j'avais su voir clair dans mon cœur au début, c'est cette solution cachée dans l'ombre et que je trouvais déplorable, que j'aurais pu prévoir qui prendrait le pas sur les solutions de patience et que j'étais décidé à vouloir, par manque de volonté. Comme Saint-Loup avait déjà l'air un peu surpris qu'une jeune fille eût habité chez moi tout un hiver sans que je lui en eusse rien dit, comme d'autre part il m'avait souvent reparlé de la jeune fille de Balbec et que je ne lui avais jamais répondu : « Mais elle habite ici », il eût pu être froissé de mon manque de confiance. Il est vrai que peut-être Mme Bontemps lui parlerait de Balbec. Mais j'étais trop impatient de son départ, de son arrivée, pour vouloir, pour pouvoir penser aux conséquences possibles de ce voyage. Quant à ce qu'il reconnût Albertine (qu'il avait d'ailleurs systématiquement évité de regarder quand il l'avait rencontrée à Doncières), elle avait, au dire de tous, tellement changé et grossi que ce n'était guère probable. Il me demanda si je n'avais pas un portrait d'Albertine. Je répondis d'abord que

non, pour qu'il n'eût pas, d'après sa photographie,
faite à peu près du temps de Balbec, le loisir de
reconnaître Albertine, que pourtant il n'avait
qu'entrevue dans le wagon. Mais je réfléchis que
sur la dernière elle serait déjà aussi différente
de l'Albertine de Balbec que l'était maintenant
l'Albertine vivante, et qu'il ne la reconnaîtrait
pas plus sur la photographie que dans la réalité.
Pendant que je la lui cherchais, il me passait doucement la main sur le front, en manière de me
consoler. J'étais ému de la peine que la douleur
qu'il devinait en moi lui causait. D'abord il avait
beau s'être séparé de Rachel, ce qu'il avait éprouvé
alors n'était pas encore si lointain qu'il n'eût une
sympathie, une pitié particulière pour ce genre
de souffrances, comme on se sent plus voisin de
quelqu'un qui a la même maladie que vous.
Puis il avait tant d'affection pour moi que la
pensée de mes souffrances lui était insupportable.
Aussi en concevait-il pour celle qui me les causait
un mélange de rancune et d'admiration. Il se
figurait que j'étais un être si supérieur qu'il
pensait que pour que je fusse soumis à une autre
créature il fallait que celle-là fût tout à fait extraordinaire. Je pensais bien qu'il trouverait la
photographie d'Albertine jolie, mais comme tout
de même je ne m'imaginais pas qu'elle produirait
sur lui l'impression d'Hélène sur les vieillards
troyens, tout en cherchant je disais modeste-
ment : « Oh ! tu sais, ne te fais pas d'idées, d'abord
la photo est mauvaise, et puis elle n'est pas

étonnante, ce n'est pas une beauté, elle est surtout bien gentille. » « Oh ! si, elle doit être merveilleuse », dit-il avec une enthousiasme naïf et sincère en cherchant à se représenter l'être qui pouvait me jeter dans un désespoir et une agitation pareille. « Je lui en veux de te faire mal, mais aussi c'était bien à supposer qu'un être artiste jusqu'au bout des ongles comme toi, toi qui aimes en tout la beauté et d'un tel amour, tu étais prédestiné à souffrir plus qu'un autre quand tu la rencontrerais dans une femme. » Enfin je venais de trouver la photographie. « Elle est sûrement merveilleuse », continuait à dire Robert, qui n'avait pas vu que je lui tendais la photographie. Soudain il l'aperçut, il la tint un instant dans ses mains. Sa figure exprimait une stupéfaction qui allait jusqu'à la stupidité. « C'est ça la jeune fille que tu aimes », finit-il par me dire d'un ton où l'étonnement était mâté par la crainte de me fâcher. Il ne fit aucune observation, il avait pris l'air raisonnable, prudent, forcément un peu dédaigneux qu'on a devant un malade — eût-il été jusque là un homme remarquable et votre ami — mais qui n'est plus rien de tout cela car, frappé de folie furieuse, il vous parle d'un être céleste qui lui est apparu et continue à le voir à l'endroit où vous, homme sain, vous n'apercevez qu'un édredon. Je compris tout de suite l'étonnement de Robert, et que c'était celui où m'avait jeté la vue de sa maîtresse, avec la seule différence que j'avais trouvé en elle une femme que je connaissais déjà, tandis que

lui croyait n'avoir jamais vu Albertine. Mais sans
doute la différence entre ce que nous voyions l'un
et l'autre d'une même personne était aussi grande.
Le temps était loin où j'avais bien petitement
commencé à Balbec par ajouter aux sensations
visuelles quand je regardais Albertine, des sensations de saveur, d'odeur, de toucher. Depuis,
des sensations plus profondes, plus douces, plus
indéfinissables s'y étaient ajoutées, puis des sensations douloureuses. Bref Albertine n'était,
comme une pierre autour de laquelle il a neigé,
que le centre générateur d'une immense construction qui passait par le plan de mon cœur.
Robert, pour qui était invisible toute cette stratification de sensations, ne saisissait qu'un résidu
qu'elle m'empêchait au contraire d'apercevoir.
Ce qui avait décontenancé Robert quand il avait
aperçu la photographie d'Albertine, était non le
saisissement des vieillards troyens voyant passer
Hélène et disant : « Notre mal ne vaut pas un
seul de ses regards », mais celui exactement inverse
et qui fait dire : « Comment, c'est pour ça qu'il
a pu se faire tant de bile, tant de chagrin, faire
tant de folies ! » Il faut bien avouer que ce genre
de réaction à la vue de la personne qui a causé
les souffrances, bouleversé la vie, quelquefois
amené la mort de quelqu'un que nous aimons,
est infiniment plus fréquent que celui des vieillards troyens, et pour tout dire habituel. Ce
n'est pas seulement parce que l'amour est individuel, ni parce que, quand nous ne le ressentons

pas, le trouver évitable et philosopher sur la folie des autres nous est naturel. Non, c'est que, quand il est arrivé au degré où il cause de tels maux, la construction des sensations interposées entre le visage de la femme et les yeux de l'amant, — l'énorme œuf douloureux qui l'engaîne et le dissimule autant qu'une couche de neige une fontaine — est déjà poussée assez loin pour que le point où s'arrêtent les regards de l'amant, point où il rencontre son plaisir et ses souffrances, soit aussi loin du point où les autres le voient qu'est loin le soleil véritable de l'endroit où sa lumière condensée nous le fait apercevoir dans le ciel. Et de plus, pendant ce temps, sous la chrysalide de douleurs et de tendresses qui rend invisibles à l'amant les pires métamorphoses de l'être aimé, le visage a eu le temps de vieillir et de changer. De sorte que si le visage que l'amant a vu la première fois est fort loin de celui qu'il voit depuis qu'il aime et souffre, il est, en sens inverse, tout aussi loin de celui que peut voir maintenant le spectateur indifférent. (Qu'aurait-ce été si, au lieu de la photographie de celle qui était une jeune fille, Robert avait vu la photographie d'une vieille maîtresse ?). Et même, nous n'avons pas besoin de voir pour la première fois, celle qui a causé tant de ravages pour avoir cet étonnement. Souvent nous la connaissions comme mon grand oncle connaissait Odette. Alors la différence d'optique s'étend non seulement à l'aspect physique,

mais au caractère, à l'importance individuelle.
Il y a beaucoup de chances pour que la femme
qui fait souffrir celui qui l'aime, ait toujours été
bonne fille avec quelqu'un qui ne se souciait pas
d'elle, comme Odette si cruelle pour Swann avait
été la prévenante « dame en rose » de mon grand
oncle, ou bien que l'être dont chaque décision est
supputée d'avance avec autant de crainte que
celle d'une Divinité par celui qui l'aime, apparaisse
comme une personne sans conséquence, trop
heureuse de faire tout ce qu'on veut, aux yeux
de celui qui ne l'aime pas, comme la maîtresse
de Saint-Loup pour moi qui ne voyais en elle
que cette « Rachel Quand du Seigneur » qu'on
m'avait tant de fois proposée. Je me rappelais,
la première fois que je l'avais vue avec Saint-
Loup, ma stupéfaction à la pensée qu'on pût être
torturé de ne pas savoir ce qu'une telle femme
avait fait, de savoir ce qu'elle avait pu dire tout
bas à quelqu'un, pourquoi elle avait eu un désir
de rupture. Or je sentais que tout ce passé, mais
d'Albertine, vers lequel chaque fibre de mon
cœur, de ma vie, se dirigeaient avec une souffrance,
vibratile et maladroite, devait paraître tout aussi
insignifiant à Saint-Loup, qu'il me le deviendrait
peut-être un jour à moi-même. Je sentais que je
passerais peut-être peu à peu touchant l'insigni-
fiance ou la gravité du passé d'Albertine de l'état
d'esprit que j'avais en ce moment à celui qu'avait
Saint-Loup, car je ne me faisais pas d'illusions
sur ce que Saint-Loup pouvait penser, sur ce

que tout autre que l'amant peut penser. Et je n'en souffrais pas trop. Laissons les jolies femmes aux hommes sans imagination. Je me rappelais cette tragique explication de tant de nous qu'est un portrait génial et pas ressemblant comme celui d'Odette par Elstir et qui est moins le portrait d'une amante que du déformant amour. Il n'y manquait — ce que tant de portraits ont — que d'être à la fois d'un grand peintre et d'un amant (et encore disait-on qu'Elstir l'avait été d'Odette). Cette dissemblance, toute la vie d'un amant, — d'un amant dont personne ne comprend les folies, — toute la vie d'un Swann, la prouve. Mais que l'amant se double d'un peintre comme Elstir et alors le mot de l'énigme est proféré, vous avez enfin sous les yeux ces lèvres que le vulgaire n'a jamais aperçues dans cette femme, ce nez que personne ne lui a connu, cette allure insoupçonnée. Le portrait dit : « Ce que j'ai aimé, ce qui m'a fait souffrir, ce que j'ai sans cesse vu, c'est ceci. » Par une gymnastique inverse, moi qui avais essayé par la pensée d'ajouter à Rachel tout ce que Saint-Loup lui avait ajouté de lui-même, j'essayais d'ôter mon apport cardiaque et mental dans la composition d'Albertine et de me la représenter telle qu'elle devait apparaître à Saint-Loup, comme à moi Rachel. Ces différences-là, quand même nous les verrions nous-mêmes, quelle importance y ajouterions-nous ? Quand autrefois à Balbec Albertine m'attendait sous les arcades d'Incarville et sautait dans ma

41

voiture, non seulement elle n'avait pas encore
« épaissi », mais à la suite d'excès d'exercice elle
avait trop fondu ; maigre, enlaidie par un vilain cha-
peau qui ne laissait dépasser qu'un petit bout de
vilain nez et voir de côté que des joues blanches
comme des vers blancs, je retrouvais bien peu
d'elle, assez cependant pour qu'au saut qu'elle
faisait dans ma voiture, je susse que c'était elle,
qu'elle avait été exacte au rendez-vous et n'était
pas allée ailleurs ; et cela suffit ; ce qu'on aime
est trop dans le passé, consiste trop dans le temps
perdu ensemble pour qu'on ait besoin de toute
la femme ; on veut seulement être sûr que c'est
elle, ne pas se tromper sur l'identité autrement
importante que la beauté pour ceux qui aiment ;
les joues peuvent se creuser, le corps s'amaigrir,
même pour ceux qui ont été d'abord le plus orgueil-
leux, aux yeux des autres, de leur domination sur
une beauté, ce petit bout de museau, ce signe où
se résume la personnalité permanente d'une
femme, cet extrait algébrique, cette constante,
cela suffit pour qu'un homme attendu dans le
plus grand monde et qui l'aimait, ne puisse dis-
poser d'une seule de ses soirées parce qu'il passe
son temps à peigner et à dépeigner, jusqu'à
l'heure de s'endormir, la femme qu'il aime, ou
simplement à rester auprès d'elle, pour être avec
elle, ou pour qu'elle soit avec lui, ou seulement
pour qu'elle ne soit pas avec d'autres.

« Tu es sûr, me dit Robert, que je peux offrir
comme cela à cette femme trente mille francs

pour le comité électoral de son mari. Elle est malhonnête à ce point-là ? Si tu ne te trompes pas, trois mille francs suffiraient. » « Non, je t'en prie, n'économise pas pour une chose qui me tient tant à cœur. Tu dois dire ceci où il y a du reste une part de vérité : Mon ami avait demandé ces trente mille francs à un parent pour le Comité de l'oncle de sa fiancée. C'est à cause de cette raison de fiançailles qu'on les lui avait donnés. Et il m'avait prié de vous les porter pour qu'Albertine n'en sût rien. Et puis voici qu'Albertine le quitte. Il ne sait plus que faire. Il est obligé de rendre les trente mille francs s'il n'épouse pas Albertine. Et s'il l'épouse, il faudrait qu'au moins pour la forme elle revînt immédiatement, parce que cela ferait trop mauvais effet si la fugue se prolongeait. Tu crois que c'est inventé exprès ? » « Mais non », me répondit Saint-Loup par bonté, par discrétion et puis parce qu'il savait que les circonstances sont souvent plus bizarres qu'on ne croit. Après tout, il n'y avait aucune impossibilité à ce que dans cette histoire des trente mille francs il y eût comme je le lui disais une grande part de vérité. C'était possible, mais ce n'était pas vrai et cette part de vérité était justement un mensonge. Mais nous nous mentions, Robert et moi, comme dans tous les entretiens où un ami désire sincèrement aider son ami en proie à un désespoir d'amour. L'ami conseil, appui, consolateur, peut plaindre la détresse de l'autre, non la ressentir, et meilleur

43

il est pour lui, plus il ment. Et l'autre lui avoue
ce qui est nécessaire pour être aidé, mais, justement peut-être pour être aidé cache bien des
choses. Et l'heureux est tout de même celui qui
prend de la peine, qui fait un voyage, qui remplit
une mission, mais qui n'a pas de souffrance intérieure. J'étais en ce moment celui qu'avait été
Robert à Doncières quand il s'était cru quitté
par Rachel. « Enfin, comme tu voudras ; si j'ai
une avanie, je l'accepte d'avance pour toi. Et
puis cela a beau me paraître un peu drôle, ce
marché si peu voilé, je sais bien que dans notre
monde, il y a des duchesses et même des plus
bigotes, qui feraient pour trente mille francs des
choses plus difficiles que de dire à leur nièce de
ne pas rester en Touraine. Enfin je suis doublement content de te rendre service, puisqu'il faut
cela pour que tu consentes à me voir. Si je me
marie, ajouta-t-il, est-ce que nous ne nous verrons pas davantage, est-ce que tu ne feras pas
un peu de ma maison la tienne... » Il s'arrêta,
ayant tout à coup pensé, supposai-je alors, que
si moi aussi je me mariais, Albertine ne pourrait
pas être pour sa femme une relation intime. Et
je me rappelai ce que les Cambremer m'avaient
dit de son mariage probable avec la fille du prince
de Guermantes. L'indicateur consulté, il vit qu'il
ne pourrait partir que le soir. Françoise me
demanda : « Faut-il ôter du cabinet de travail le
lit de Mlle Albertine ? » « Au contraire, dis-je, il
faut le faire. » J'espérais qu'elle reviendrait d'un

jour à l'autre et je ne voulais même pas que
Françoise pût supposer qu'il y avait doute. Il
fallait que le départ d'Albertine eût l'air d'une
chose convenue entre nous, qui n'impliquait nullement qu'elle m'aimât moins. Mais Françoise
me regarda avec un air, sinon d'incrédulité du
moins de doute. Elle aussi avait ses deux hypothèses. Ses narines se dilataient, elle flairait la
brouille, elle devait la sentir depuis longtemps.
Et si elle n'en était pas absolument sûre, c'est
peut-être seulement parce que, comme moi, elle
se défiait de croire entièrement ce qui lui aurait
fait trop de plaisir. Maintenant le poids de l'affaire
ne reposait plus sur mon esprit surmené mais
sur Saint-Loup. Une allégresse me soulevait
parce que j'avais pris une décision, parce que je
me disais : « J'ai répondu du tac au tac, j'ai agi. »
Saint-Loup devait être à peine dans le train que
je me croisai dans mon antichambre avec Bloch
que je n'avais pas entendu sonner, de sorte que
force me fut de le recevoir un instant. Il m'avait
dernièrement rencontré avec Albertine (qu'il connaissait de Balbec) un jour où elle était de mauvaise humeur. « J'ai dîné avec M. Bontemps, me
dit-il, et comme j'ai une certaine influence sur
lui, je lui ai dit que je m'étais attristé que sa
nièce ne fût pas plus gentille avec toi, qu'il fallait
qu'il lui adressât des prières en ce sens. » J'étouffais de colère, ces prières et ces plaintes détrui-
saient tout l'effet de la démarche de Saint-Loup
et me mettaient directement en cause auprès

d'Albertine que j'avais l'air d'implorer. Pour comble de malheur Françoise restée dans l'antichambre entendit tout cela. Je fis tous les reproches possibles à Bloch, lui disant que je ne l'avais nullement chargé d'une telle commission et que du reste le fait était faux. Bloch à partir de ce moment-là ne cessa plus de sourire, moins, je crois, de joie que de gêne de m'avoir contrarié. Il s'étonnait en riant de soulever une telle colère. Peut-être le disait-il pour ôter à mes yeux de l'importance à son indiscrète démarche, peut-être parce qu'il était d'un caractère lâche, et vivant gaiement et paresseusement dans les mensonges, comme les méduses à fleur d'eau, peut-être parce que, même eût-il été d'une autre race d'hommes, les autres ne pouvant se placer au même point de vue que nous, ne comprennent pas l'importance du mal que les paroles dites au hasard peuvent nous faire. Je venais de le mettre à la porte, ne trouvant aucun remède à apporter à ce qu'il avait fait, quand on sonna de nouveau et Françoise me remit une convocation chez le chef de la Sûreté. Les parents de la petite fille que j'avais amenée une heure chez moi avaient voulu déposer contre moi une plainte en détournement de mineure. Il y a des moments de la vie où une sorte de beauté naît de la multiplicité des ennuis qui nous assaillent, entrecroisés comme des leitmotiv wagnériens, de la notion aussi, émergeante alors, que les événements ne sont pas situés dans l'ensemble des reflets peints

46

dans le pauvre petit miroir que porte devant elle
l'intelligence et qu'elle appelle l'avenir, qu'ils sont
en dehors et surgissent aussi brusquement que
quelqu'un qui vient constater un flagrant délit.
Déjà, laissé à lui-même, un événement se modifie,
soit que l'échec nous l'amplifie ou que la satisfaction le réduise. Mais il est rarement seul. Les
sentiments excités par chacun se contrarient, et
c'est dans une certaine mesure, comme je l'éprou-
vai en allant chez le chef de la Sûreté, un révulsif
au moins momentané et assez agissant des tristesses sentimentales que la peur. Je trouvai à
la Sûreté les parents qui m'insultèrent en me
disant : « Nous ne mangeons pas de ce pain-là », me
rendirent les cinq cents francs que je ne voulais pas
reprendre, et le chef de la Sûreté qui, se proposant
comme inimitable exemple la facilité des prési-
dents d'assises à « réparties », prélevait un mot de
chaque phrase que je disais, mot qui lui servait
à en faire une spirituelle et accablante réponse.
De mon innocence dans le fait il ne fut même pas
question, car c'est la seule hypothèse que personne
ne voulut admettre un instant. Néanmoins les
difficultés de l'inculpation firent que je m'en
tirai avec un savon extrêmement violent, tant
que les parents furent là. Mais dès qu'ils furent
partis, le chef de la Sûreté qui aimait les petites
filles changea de ton et me réprimandant comme
un compère : « Une autre fois, il faut être plus
adroit. Dame, on ne fait pas des levages aussi
brusquement que ça, ou ça rate. D'ailleurs vous

trouverez partout des petites filles mieux que
celle-là et pour bien moins cher. La somme était
follement exagérée. » Je sentais tellement qu'il
ne me comprendrait pas si j'essayais de lui expliquer la vérité que je profitai sans mot dire de la
permission qu'il me donna de me retirer. Tous
les passants, jusqu'à ce que je fusse rentré, me
parurent des inspecteurs chargés d'épier mes faits
et gestes. Mais ce leitmotiv-là, de même que celui
de la colère contre Bloch, s'éteignirent pour ne
plus laisser place qu'à celui du départ d'Albertine.
Or celui-là reprenait, mais sur un mode presque
joyeux depuis que Saint-Loup était parti. Depuis
qu'il s'était chargé d'aller voir Mme Bontemps,
mes souffrances avaient été dispersées. Je croyais
que c'était pour avoir agi, je le croyais de bonne
foi, car on ne sait jamais ce qui se cache dans
notre âme. Au fond ce qui me rendait heureux,
ce n'était pas de m'être déchargé de mes indéci-
sions sur Saint-Loup, comme je le croyais. Je ne
me trompais pas du reste absolument ; le spécifique pour guérir un événement malheureux (les
trois quarts des événements le sont) c'est une
décision ; car elle a pour effet par un brusque
renversement de nos pensées, d'interrompre le
flux de celles qui viennent de l'événement passé
et prolongent la vibration, de le briser par un
flux inverse de pensées inverses, venu du dehors,
de l'avenir. Mais ces pensées nouvelles nous sont
surtout bienfaisantes (et c'était le cas pour celles
qui m'assiégeaient en ce moment) quand du fond

48

de cet avenir, c'est une espérance qu'elles nous apportent. Ce qui au fond me rendait si heureux, c'était la certitude secrète que la mission de Saint-Loup ne pouvant échouer, Albertine ne pouvait manquer de revenir. Je le compris ; car n'ayant pas reçu dès le premier jour de réponse de Saint-Loup, je recommençai à souffrir. Ma décision, ma remise à lui de mes pleins pouvoirs, n'étaient donc pas la cause de ma joie qui sans cela eût duré, mais le « la réussite est sûre », que j'avais pensé, quand je disais : « Advienne que pourra ». Et la pensée éveillée par son retard qu'en effet autre chose que la réussite pouvait advenir m'était si odieuse que j'avais perdu ma gaîté. C'est en réalité notre prévision, notre espérance d'événements heureux qui nous gonfle d'une joie, que nous attribuons à d'autres causes et qui cesse pour nous laisser retomber dans le chagrin si nous ne sommes plus si assurés que ce que nous désirons se réalisera. C'est toujours cette invisible croyance qui soutient l'édifice de notre monde sensitif et privé de quoi il chancelle. Nous avons vu qu'elle faisait pour nous la valeur ou la nullité des êtres, l'ivresse ou l'ennui de les voir. Elle fait de même la possibilité de supporter un chagrin qui nous semble médiocre, simplement parce que nous sommes persuadés qu'il va y être mis fin, ou son brusque agrandissement jusqu'à ce qu'une présence vaille autant, presque même plus que notre vie. Une chose du reste acheva de rendre ma douleur au cœur aussi aiguë qu'elle avait été la première minute et qu'il faut bien avouer qu'elle n'était plus. Ce fut de relire une phrase de la lettre d'Albertine. Nous avons beau aimer les êtres, la souffrance de les perdre, quand dans l'isolement nous ne sommes plus qu'en face d'elle, à qui notre esprit donne dans une certaine mesure la forme qu'il veut, cette souffrance est supportable et différente de celle moins humaine, moins nôtre, aussi imprévue et bizarre qu'un accident dans le monde moral et dans la région du cœur, — qui a pour cause moins directement les êtres eux-mêmes que la façon dont nous avons appris que nous ne les verrions plus. Albertine, je pouvais penser à elle en pleurant doucement, en acceptant de ne pas plus la voir ce soir qu'hier mais relire : « ma décision est irrévocable », c'était autre chose, c'était comme prendre un médicament dangereux qui m'eût donné une crise cardiaque à laquelle on peut ne pas survivre. Il y a dans les choses, dans les événements, dans les lettres de rupture un péril particulier qui amplifie et dénature la douleur même que les êtres peuvent nous causer. Mais cette souffrance dura peu. J'étais malgré tout si sûr du succès, de l'habileté de Saint-Loup, le retour d'Albertine me paraissait une chose si certaine que je me demandais si j'avais eu raison de le souhaiter. Pourtant je m'en réjouissais. Malheureusement pour moi qui croyais l'affaire de la Sûreté finie, Françoise vint m'annoncer qu'un inspecteur était venu s'informer si je n'avais pas

ALBERTINE DISPARUE

l'habitude d'avoir des jeunes filles chez moi, que le concierge croyant qu'on parlait d'Albertine avait répondu que si et que depuis ce moment la maison semblait surveillée. Dès lors il me serait à jamais impossible de faire venir une petite fille dans mes chagrins pour me consoler, sans risquer d'avoir la honte devant elle qu'un inspecteur surgît et qu'elle me prît pour un malfaiteur. Et du même coup, je compris combien on vit plus pour certains rêves qu'on ne croit, car cette impossibilité de bercer jamais une petite fille me parut ôter à la vie toute valeur, mais de plus je compris combien il est compréhensible que les gens aisément refusent la fortune et risquent la mort, alors qu'on se figure que l'intérêt et la peur de mourir mènent le monde. Car si j'avais pensé que même une petite fille inconnue pût avoir par l'arrivée d'un homme de la police, une idée honteuse de moi, combien j'aurais mieux aimé me tuer. Il n'y avait même pas de comparaison possible entre les deux souffrances. Or dans la vie les gens ne réfléchissent jamais que ceux à qui ils offrent de l'argent, qu'ils menacent de mort, peuvent avoir une maîtresse, ou même simplement un camarade, à l'estime de qui ils tiennent, même si ce n'est pas à la leur propre. Mais tout à coup par une confusion dont je ne m'avisai pas (je ne songeai pas en effet qu'Albertine étant majeure pouvait habiter chez moi et même être ma maîtresse), il me sembla que le détournement de mineures pouvait s'appliquer

aussi à Albertine. Alors la vie me parut barrée
de tous les côtés. Et en pensant que je n'avais
pas vécu chastement avec elle, je trouvai dans
la punition qui m'était infligée pour avoir forcé
une petite fille inconnue à accepter de l'argent,
cette relation qui existe presque toujours dans
les châtiments humains et qui fait qu'il n'y a
presque jamais ni condamnation juste, ni erreur
judiciaire, mais une espèce d'harmonie entre
l'idée fausse que se fait le juge d'un acte inno-
cent et les faits coupables qu'il a ignorés. Mais
alors en pensant que le retour d'Albertine pouvait amener pour moi une condamnation infâ-
mante qui me dégraderait à ses yeux et peut-
être lui ferait à elle-même un tort qu'elle ne
me pardonnerait pas, je cessai de souhaiter ce
retour, il m'épouvanta. J'aurais voulu lui télégraphier de ne pas revenir. Et aussitôt, noyant
tout le reste, le désir passionné qu'elle revînt
m'envahit. C'est qu'ayant envisagé un instant
la possibilité de lui dire de ne pas revenir et de
vivre sans elle, tout d'un coup je me sentis au
contraire prêt à sacrifier tous les voyages, tous
les plaisirs, tous les travaux, pour qu'Albertine
revînt ! Ah ! combien mon amour pour Albertine
dont j'avais cru que je pourrais prévoir le destin
d'après celui que j'avais eu pour Gilberte s'était
développé en parfait contraste avec ce dernier !
Combien rester sans la voir m'était impossible !
Et pour chaque acte, même le plus minime, mais
qui baignait auparavant dans l'atmosphère heu-

reuse qu'était la présence d'Albertine, il me
fallait chaque fois, à nouveaux frais, avec la
même douleur, recommencer l'apprentissage de
la séparation. Puis la concurrence des autres
formes de la vie rejeta dans l'ombre cette nouvelle douleur, et pendant ces jours-là qui furent
les premiers du printemps, j'eus même, en attendant que Saint-Loup pût voir Mme Bontemps, à
imaginer Venise et de belles femmes inconnues,
quelques moments de calme agréable. Dès que je
m'en aperçus, je sentis en moi une terreur panique.
Ce calme que je venais de goûter, c'était la première apparition de cette grande force intermittente, qui allait lutter en moi contre la douleur,
contre l'amour, et finirait par en avoir raison. Ce
dont je venais d'avoir l'avant-goût et d'apprendre
le présage, c'était pour un instant seulement ce
qui plus tard serait chez moi un état permanent,
une vie où je ne pourrais plus souffrir pour Albertine, où je ne l'aimerais plus. Et mon amour qui
venait de reconnaître le seul ennemi par lequel
il pût être vaincu, l'oubli, se mit à frémir, comme
un lion qui dans la cage où on l'a enfermé a aperçu
tout d'un coup le serpent python qui le dévorera.

Je pensais tout le temps à Albertine et jamais
Françoise en entrant dans ma chambre ne me
disait assez vite : « Il n'y a pas de lettres », pour
abréger l'angoisse. Mais de temps en temps, je
parvenais, en faisant passer tel ou tel courant
d'idées au travers de mon chagrin, à renouveler,
à aérer un peu l'atmosphère viciée de mon cœur;

mais le soir, si je parvenais à m'endormir, alors c'était comme si le souvenir d'Albertine avait été le médicament qui m'avait procuré le sommeil, et dont l'influence en cessant m'éveillerait. Je pensais tout le temps à Albertine en dormant. C'était un sommeil spécial à elle qu'elle me donnait et où du reste je n'aurais plus été libre comme pendant la veille de penser à autre chose. Le sommeil, son souvenir, c'étaient les deux substances mêlées qu'on nous fait prendre à la fois pour dormir. Réveillé, du reste, ma souffrance allait en augmentant chaque jour au lieu de diminuer, non que l'oubli n'accomplît son œuvre, mais, là même, il favorisait l'idéalisation de l'image regrettée et par là l'assimilation de ma souffrance initiale à d'autres souffrances analogues qui la renforçaient. Encore cette image était-elle supportable. Mais si tout d'un coup je pensais à sa chambre, à sa chambre où le lit restait vide, à son piano, à son automobile, je perdais toute force, je fermais les yeux, j'inclinais ma tête sur l'épaule comme ceux qui vont défaillir. Le bruit des portes me faisait presque aussi mal parce que ce n'était pas elle qui les ouvrait.

Quand il put y avoir un télégramme de Saint-Loup, je n'osai pas demander : « Est-ce qu'il y a un télégramme ? » Il en vint un enfin, mais qui ne faisait que tout reculer, me disant : « Ces dames sont parties pour trois jours. » Sans doute, si j'avais supporté les quatre jours qu'il y avait déjà depuis qu'elle était partie, c'était parce que

je me disais : « Ce n'est qu'une affaire de temps,
avant la fin de la semaine elle sera là. » Mais
cette raison n'empêchait pas que pour mon cœur,
pour mon corps, l'acte à accomplir était le même :
vivre sans elle, rentrer chez moi sans la trouver,
passer devant la porte de sa chambre — l'ouvrir,
je n'en avais pas encore le courage — en sachant
qu'elle n'y était pas, me coucher sans lui avoir
dit bonsoir, voilà des choses que mon cœur avait
dû accomplir dans leur terrible intégralité et
tout de même que si je n'avais pas dû revoir
Albertine. Or qu'il l'eût accompli déjà quatre fois,
prouvait qu'il était maintenant capable de continuer à l'accomplir. Et bientôt peut-être la
raison qui m'aidait à continuer ainsi à vivre —
le prochain retour d'Albertine — je cesserais d'en
avoir besoin (je pourrais me dire : « Elle ne revien-
dra jamais », et vivre tout de même comme j'avais
déjà fait pendant quatre jours) comme un blessé
qui a repris l'habitude de la marche et peut se
passer de ses béquilles. Sans doute le soir en rentrant je trouvais encore, m'ôtant la respiration,
m'étouffant du vide de la solitude, les souvenirs
juxtaposés en une interminable série, de tous les
soirs où Albertine m'attendait ; mais déjà je
trouvais ainsi le souvenir de la veille, de l'avant-
veille et des deux soirs précédents, c'est-à-dire
le souvenir des quatre soirs écoulés depuis le
départ d'Albertine, pendant lesquels j'étais resté
sans elle, seul, où cependant j'avais vécu, quatre
soirs déjà, faisant une bande de souvenirs bien

55

mince à côté de l'autre, mais que chaque jour
qui s'écoulerait allait peut-être étoffer. Je ne
dirai rien de la lettre de déclaration que je reçus
à ce moment-là d'une nièce de Mme de Guermantes,
qui passait pour la plus jolie jeune fille de Paris,
ni de la démarche que fit auprès de moi le duc de
Guermantes de la part des parents résignés pour
le bonheur de leur fille à l'inégalité du parti, à
une semblable mésalliance. De tels incidents qui
pourraient être sensibles à l'amour-propre sont
trop douloureux quand on aime. On aurait le
désir et on n'aurait pas l'indélicatesse de les faire
connaître à celle qui porte sur nous un jugement
moins favorable qui ne serait du reste pas modifié
si elle apprenait qu'on peut être l'objet d'un tout
différent. Ce que m'écrivait la nièce du duc n'eût
pu qu'impatienter Albertine. Comme depuis le
moment où j'étais éveillé et où je reprenais mon
chagrin à l'endroit où j'en étais resté avant de
m'endormir, comme un livre un instant fermé et
qui ne me quitterait plus jusqu'au soir, ce ne
pouvait jamais être qu'à une pensée concernant
Albertine que venait se raccorder pour moi toute
sensation, qu'elle me vînt du dehors ou du dedans.
On sonnait : c'est une lettre d'elle, c'est elle-
même peut-être ! Si je me sentais bien portant,
pas trop malheureux, je n'étais plus jaloux, je
n'avais plus de griefs contre elle, j'aurais voulu
vite la revoir, l'embrasser, passer gaiement toute
ma vie avec elle. Lui télégraphier : « Venez vite »
me semblait devenu une chose toute simple

comme si mon humeur nouvelle avait changé non pas seulement mes dispositions, mais les choses hors de moi, les avait rendues plus faciles. Si j'étais d'humeur sombre, toutes mes colères contre elle renaissaient, je n'avais plus envie de l'embrasser, je sentais l'impossibilité d'être jamais heureux par elle, je ne voulais plus que lui faire du mal et l'empêcher d'appartenir aux autres. Mais de ces deux humeurs opposées le résultat était identique, il fallait qu'elle revînt au plus tôt. Et pourtant, quelque joie que pût me donner au moment même ce retour, je sentais que bientôt les mêmes difficultés se présenteraient et que la recherche du bonheur dans la satisfaction du désir moral était quelque chose d'aussi naïf que l'entreprise d'atteindre l'horizon en marchant devant soi. Plus le désir avance, plus la possession véritable s'éloigne. De sorte que si le bonheur ou du moins l'absence de souffrances peut être trouvé, ce n'est pas la satisfaction, mais la réduction progressive, l'extinction finale du désir qu'il faut chercher. On cherche à voir ce qu'on aime, on devrait chercher à ne pas le voir, l'oubli seul finit par amener l'extinction du désir. Et j'imagine que si un écrivain émettait des vérités de ce genre, il dédierait le livre qui les contiendrait à une femme dont il se plairait ainsi à se rapprocher, lui disant : ce livre est le tien. Et ainsi, disant des vérités dans son livre, il mentirait dans sa dédicace, car il ne tiendra à ce que le livre soit à cette femme que comme à cette pierre qui vient d'elle et qui ne lui sera chère qu'autant qu'il aimera la femme. Les liens entre un être et nous n'existent que dans notre pensée. La mémoire en s'affaiblissant les relâche, et malgré l'illusion dont nous voudrions être dupes, et dont par amour, par amitié, par politesse, par respect humain, par devoir, nous dupons les autres, nous existons seuls. L'homme est l'être qui ne peut sortir de soi, qui ne connaît les autres qu'en soi, et, en disant le contraire, ment. Et j'aurais eu si peur, si on avait été capable de le faire, qu'on m'ôtât ce besoin d'elle, cet amour d'elle, que je me persuadais qu'il était précieux pour ma vie. Pouvoir entendre prononcer sans charme et sans souffrance les noms des stations par où le train passait pour aller en Touraine, m'eût semblé une diminution de moi-même (simplement au fond parce que cela eût prouvé qu'Albertine me devenait indifférente) ; il était bien, me disais-je, qu'en me demandant sans cesse ce qu'elle pouvait faire, penser, vouloir, à chaque instant, si elle comptait, si elle allait revenir, je tinsse ouverte cette porte de communication que l'amour avait pratiquée en moi, et sentisse la vie d'une autre submerger par des écluses ouvertes le réservoir qui n'aurait pas voulu redevenir stagnant. Bientôt, le silence de Saint-Loup se prolongeant, une anxiété secondaire — l'attente d'un nouveau télégramme, d'un téléphonage de Saint-Loup — masqua la première, l'inquiétude du résultat, savoir si Albertine reviendrait. Épier chaque bruit dans

ALBERTINE DISPARUE

l'attente du télégramme me devenait si intolérable
qu'il me semblait que, quel qu'il fût, l'arrivée de
ce télégramme, qui était la seule chose à laquelle
je pensais maintenant, mettrait fin à mes souffrances. Mais quand j'eus reçu enfin un télégramme
de Robert où il me disait qu'il avait vu Mme Bontemps, mais, malgré toutes ses précautions, avait
été vu par Albertine, que cela avait fait tout
manquer, j'éclatai de fureur et de désespoir, car
c'était là ce que j'aurais voulu avant tout éviter.
Connu d'Albertine, le voyage de Saint-Loup me
donnait un air de tenir à elle qui ne pouvait que
l'empêcher de revenir et dont l'horreur d'ailleurs
était tout ce que j'avais gardé de la fierté que
mon amour avait au temps de Gilberte et qu'il
avait perdue. Je maudissais Robert. Puis je me dis
que si ce moyen avait échoué, j'en prendrais un
autre. Puisque l'homme peut agir sur le monde
extérieur, comment en faisant jouer la ruse,
l'intelligence, l'intérêt, l'affection, n'arriverais-je
pas à supprimer cette chose atroce : l'absence
d'Albertine. On croit que selon son désir on
changera autour de soi les choses, on le croit
parce que, hors de là, on ne voit aucune solution
favorable. On ne pense pas à celle qui se produit
le plus souvent et qui est favorable aussi : nous
n'arrivons pas à changer les choses selon notre
désir, mais peu à peu notre désir change. La
situation que nous espérions changer parce qu'elle
nous était insupportable, nous devient indifférente. Nous n'avons pas pu surmonter l'obstacle,

comme nous le voulions absolument, mais la vie nous l'a fait tourner, dépasser, et c'est à peine alors si en nous retournant vers le lointain du passé nous pouvons l'apercevoir, tant il est devenu imperceptible. J'entendis à l'étage au-dessus du nôtre des airs joués par une voisine. J'appliquais leurs paroles que je connaissais à Albertine et à moi et je fus rempli d'un sentiment si profond que je me mis à pleurer. C'était : « *Hélas, l'oiseau qui fuit ce qu'il croit l'escla-vage, d'un vol désespéré revient battre au vitrage* » et la mort de Manon : « *Manon, réponds-moi donc, Seul amour de mon âme, je n'ai su qu'aujourd'hui la bonté de ton cœur.* » Puisque Manon revenait à Des Grieux, il me semblait que j'étais pour Albertine le seul amour de sa vie. Hélas, il est probable que si elle avait entendu en ce moment le même air, ce n'eût pas été moi qu'elle eût chéri sous le nom de des Grieux, et si elle en avait eu seulement l'idée, mon souvenir l'eût empêchée de s'attendrir en écoutant cette musique qui rentrait pourtant bien, quoique mieux écrite et plus fine, dans le genre de celle qu'elle aimait. Pour moi je n'eus pas le courage de m'abandonner à tant de douceur, de penser qu'Albertine m'appelait « seul amour de mon âme » et avait reconnu qu'elle s'était méprise sur ce qu'elle « avait cru l'esclavage ». Je savais qu'on ne peut lire un roman sans donner à l'héroïne les traits de celle qu'on aime. Mais le dénouement a beau en être heureux, notre amour n'a pas fait un pas de plus et quand nous avons fermé le livre, celle que nous aimons et qui est enfin venue à nous dans le roman, ne nous aime pas davantage dans la vie. Furieux, je télégraphiai à Saint-Loup de revenir au plus vite à Paris, pour éviter au moins l'apparence de mettre une insistance aggravante dans une démarche que j'aurais tant voulu cacher. Mais avant même qu'il fût revenu selon mes instructions, c'est d'Albertine elle-même que je reçus cette lettre :

« Mon ami, vous avez envoyé votre ami Saint-Loup à ma tante, ce qui était insensé. Mon cher ami, si vous aviez besoin de moi pourquoi ne pas m'avoir écrit directement, j'aurais été trop heureuse de revenir, ne recommencez plus ces démarches absurdes. » « J'aurais été trop heureuse de revenir ! » Si elle disait cela, c'est donc qu'elle regrettait d'être partie, qu'elle ne cherchait qu'un prétexte pour revenir. Donc je n'avais qu'à faire ce qu'elle me disait, à lui écrire que j'avais besoin d'elle et elle reviendrait. J'allais donc la revoir, elle, l'Albertine de Balbec (car depuis son départ, elle l'était redevenue pour moi; comme un coquillage auquel on ne fait plus attention quand on l'a toujours sur sa commode, une fois qu'on s'en est séparé, pour le donner, ou l'ayant perdu, et qu'on pense à lui, ce qu'on ne faisait plus, elle me rappelait toute la beauté joyeuse des montagnes bleues de la mer). Et ce n'est pas seulement elle qui était devenue un être d'imagination, c'est-à-dire désirable, mais la vie avec elle qui était devenue une vie imaginaire,

c'est-à-dire affranchie de toutes difficultés, de
sorte que je me disais : « Comme nous allons être
heureux ! » Mais du moment que j'avais l'assurance de ce retour, il ne fallait pas avoir l'air de
le hâter, mais au contraire effacer le mauvais
effet de la démarche de Saint-Loup que je pourrais
toujours plus tard désavouer en disant qu'il avait
agi de lui-même, parce qu'il avait toujours été
partisan de ce mariage. Cependant, je relisais sa
lettre et j'étais tout de même déçu du peu qu'il
y a d'une personne dans une lettre. Sans doute les
caractères tracés expriment notre pensée, ce que
font aussi nos traits : c'est toujours en présence
d'une pensée que nous nous trouvons. Mais tout
de même, dans la personne, la pensée ne nous
apparaît qu'après s'être diffusée dans cette corolle
du visage épanouie comme un nymphéa. Cela
la modifie tout de même beaucoup. Et c'est peut-
être une des causes de nos perpétuelles déceptions
en amour que ces perpétuelles déviations qui font
qu'à l'attente de l'être idéal que nous aimons,
chaque rendez-vous nous apporte, en réponse, une
personne de chair qui tient déjà si peu de notre
rêve. Et puis quand nous réclamons quelque
chose de cette personne, nous recevons d'elle une
lettre où même de la personne il reste très peu,
comme, dans les lettres de l'algèbre, il ne reste
plus la détermination des chiffres de l'arithmé-
tique, lesquels déjà ne contiennent plus les qualités des fruits ou des fleurs additionnés. Et
pourtant, l'amour, l'être aimé, ses lettres, sont

peut-être tout de même des traductions (si insa-
tisfaisant qu'il soit de passer de l'un à l'autre)
de la même réalité, puisque la lettre ne nous
semble insuffisante qu'en la lisant, mais que nous
suons mort et passion tant qu'elle n'arrive pas,
et qu'elle suffit à calmer notre angoisse, sinon à
remplir, avec ses petits signes noirs, notre désir
qui sait qu'il n'y a là tout de même que l'équiva-
lence d'une parole, d'un sourire, d'un baiser, non
ces choses mêmes.

J'écrivis à Albertine :

« Mon amie, j'allais justement vous écrire, et je
vous remercie de me dire que si j'avais eu besoin
de vous, vous seriez accourue ; c'est bien de votre
part de comprendre d'une façon aussi élevée le
dévouement à un ancien ami, et mon estime pour
vous ne peut qu'en être accrue. Mais non, je ne
vous l'avais pas demandé et ne vous le demanderai
pas ; nous revoir, au moins d'ici bien longtemps,
ne vous serait peut-être pas pénible, jeune fille
insensible. A moi que vous avez cru parfois si
indifférent, cela le serait beaucoup. La vie nous
a séparés. Vous avez pris une décision que je
crois très sage et que vous avez prise au moment
voulu, avec un pressentiment merveilleux, car
vous êtes partie le jour où je venais de recevoir
l'assentiment de ma mère à demander votre
main. Je vous l'aurais dit à mon réveil, quand
j'ai eu sa lettre (en même temps que la vôtre).
Peut-être auriez-vous eu peur de me faire de la
peine en partant là-dessus. Et nous aurions

peut-être lié nos vies par ce qui aurait été pour
nous, qui sait ? le malheur. Si cela avait dû être,
soyez bénie pour votre sagesse. Nous en perdrions
tout le fruit en nous revoyant. Ce n'est pas que
ce ne serait pas pour moi une tentation. Mais je
n'ai pas grand mérite à y résister. Vous savez
l'être inconstant que je suis et comme j'oublie
vite. Vous me l'avez dit souvent, je suis surtout
un homme d'habitudes. Celles que je commence à
prendre sans vous ne sont pas encore bien fortes.
Évidemment en ce moment celles que j'avais
avec vous et que votre départ a troublées sont
encore les plus fortes. Elles ne le seront plus bien
longtemps. Même à cause de cela, j'avais pensé à
profiter de ces quelques derniers jours où nous
voir ne serait pas encore pour moi ce qu'il sera
dans une quinzaine, plus tôt peut-être (pardonnez-
moi ma franchise) : un dérangement, — j'avais
pensé à en profiter, avant l'oubli final, pour
régler avec vous de petites questions matérielles
où vous auriez pu, bonne et charmante amie,
rendre service à celui qui s'est cru cinq minutes
votre fiancé. Comme je ne doutais pas de l'appro-
bation de ma mère, comme d'autre part je désirais
que nous ayons chacun toute cette liberté dont
vous m'aviez trop gentiment et abondamment
fait un sacrifice qui se pouvait admettre pour
une vie en commun de quelques semaines, mais
qui serait devenu aussi odieux à vous qu'à moi
maintenant que nous devions passer toute notre
vie ensemble (cela me fait presque de la peine

en vous écrivant de penser que cela a failli être,
qu'il s'en est fallu de quelques secondes), j'avais
pensé à organiser notre existence de la façon
la plus indépendante possible, et pour commencer
j'avais voulu que vous eussiez ce yacht où vous
auriez pu voyager pendant que, trop souffrant,
je vous eusse attendue au port (j'avais écrit à
Elstir pour lui demander conseil, comme vous
aimez son goût) et pour la terre j'avais voulu que
vous eussiez votre automobile à vous, rien qu'à
vous, dans laquelle vous sortiriez, vous voyage-
riez, à votre fantaisie. Le yacht était déjà presque
prêt, il s'appelle, selon votre désir exprimé à
Balbec, le *Cygne*. Et me rappelant que vous pré-
fériez à toutes les autres les voitures Rolls, j'en
avais commandé une. Or maintenant que nous
ne nous verrons plus jamais, comme je n'espère
pas vous faire accepter le bateau ni la voiture
(pour moi ils ne pourraient servir à rien), j'avais
pensé — comme je les avais commandés à un
intermédiaire, mais en donnant votre nom —
que vous pourriez peut-être en les décommandant,
vous, m'éviter le yacht et cette voiture devenus
inutiles. Mais pour cela et pour bien d'autres
choses, il aurait fallu causer. Or je trouve que tant
que je suis susceptible de vous réaimer, ce qui
ne durera plus longtemps, il serait fou, pour un
bateau à voiles et une Rolls Royce de nous voir
et de jouer le bonheur de votre vie puisque vous
estimez qu'il est de vivre loin de moi. Non, je
préfère garder la Rolls et même le yacht. Et

comme je ne me servirai pas d'eux et qu'ils ont chance de rester toujours l'un au port désarmé, l'autre à l'écurie, je ferai graver sur le yacht (Mon Dieu, je n'ose pas mettre un nom de pièce inexact et commettre une hérésie qui vous choquerait) ces vers de Mallarmé que vous aimiez :

Un cygne d'autrefois se souvient que c'est lui
Magnifique mais qui sans espoir se délivre
Pour n'avoir pas chanté la région où vivre
Quand du stérile hiver a resplendi l'ennui.

Vous vous rappelez — c'est le poème qui commence par : *Le vierge, le vivace et le bel aujourd'hui...* Hélas, aujourd'hui n'est plus ni vierge, ni beau. Mais ceux qui comme moi savent qu'ils en feront bien vite un « demain » supportable ne sont guère *supportables*. Quant à la Rolls, elle eût mérité plutôt ces autres vers du même poète que vous disiez ne pas pouvoir comprendre :

Dis si je ne suis pas joyeux
Tonnerre et rubis aux moyeux
De voir en l'air que ce feu troue

Avec des royaumes épars
Comme mourir pourpre la roue
Du seul vespéral de mes chars.

Adieu pour toujours, ma petite Albertine, et merci encore de la bonne promenade que nous fîmes ensemble la veille de notre séparation. J'en garde un bien bon souvenir. »

ALBERTINE DISPARUE

P.-S. — Je ne réponds pas à ce que vous me dites de prétendues propositions que Saint-Loup (que je ne crois d'ailleurs nullement en Touraine) aurait faites à votre tante. C'est du Sherlock Holmes. Quelle idée vous faites-vous de moi ? »

Sans doute de même que j'avais dit autrefois à Albertine : « Je ne vous aime pas », pour qu'elle m'aimât ; « J'oublie quand je ne vois pas les gens », pour qu'elle me vît très souvent ; « J'ai décidé de vous quitter », pour prévenir toute idée de séparation, maintenant c'était parce que je voulais absolument qu'elle revînt dans les huit jours, que je lui disais : « Adieu pour toujours » ; c'est parce que je voulais la revoir que je lui disais : « Je trouverais dangereux de vous voir », c'est parce que vivre séparé d'elle me semblait pire que la mort que je lui écrivais : « Vous avez eu raison, nous serions malheureux ensemble. » Hélas cette lettre feinte, en l'écrivant pour avoir l'air de ne pas tenir à elle et aussi pour la douceur de dire certaines choses qui ne pouvaient émouvoir que moi et non elle, j'aurais dû d'abord prévoir qu'il était possible qu'elle eût pour effet une réponse négative, c'est-à-dire consacrant ce que je disais ; qu'il était même probable que ce serait, car Albertine eût-elle été moins intelligente qu'elle n'était, elle n'eût pas douté un instant que ce que je disais était faux. Sans s'arrêter en effet aux intentions que j'énonçais dans cette lettre, le seul fait que je l'écrivisse, n'eût-il même pas succédé à la démarche de Saint-Loup, suffisait pour lui prouver que je désirais qu'elle revînt et pour lui conseiller de me laisser m'enferrer dans l'hameçon de plus en plus. Puis après avoir prévu la possibilité d'une réponse négative, j'aurais dû toujours prévoir que brusquement cette réponse me rendrait dans sa plus extrême vivacité mon amour pour Albertine. Et j'aurais dû, toujours avant d'envoyer ma lettre, me demander si, au cas où Albertine répondrait sur le même ton et ne voudrait pas revenir, je serais assez maître de ma douleur pour me forcer à rester silencieux, à ne pas lui télégraphier : « Revenez » ou à ne pas lui envoyer quelque autre émissaire, ce qui, après lui avoir écrit que nous ne nous reverrions pas, était lui montrer avec la dernière évidence que je ne pouvais me passer d'elle, et aboutirait à ce qu'elle refusât plus énergiquement encore, à ce que, ne pouvant plus supporter mon angoisse, je partisse chez elle, qui sait, peut-être à ce que je n'y fusse pas reçu. Et sans doute, c'eût été, après trois énormes maladresses la pire de toutes, après laquelle il n'y avait plus qu'à me tuer devant sa maison. Mais la manière désastreuse dont est construit l'univers psycho-pathologique veut que l'acte maladroit, l'acte qu'il faudrait avant tout éviter, soit justement l'acte calmant, l'acte qui, ouvrant pour nous, jusqu'à ce que nous en sachions le résultat, de nouvelles perspectives d'espérance, nous débarrasse momentanément de la douleur intolérable que le refus a fait naître

en nous. De sorte que quand la douleur est trop
forte, nous nous précipitons dans la maladresse
qui consiste à écrire, à faire prier par quelqu'un,
à aller voir, à prouver qu'on ne peut se passer
de celle qu'on aime. Mais je ne prévis rien de
tout cela. Le résultat de cette lettre me paraissait
être au contraire de faire revenir Albertine au
plus vite. Aussi en pensant à ce résultat, avais-je
eu une grande douceur à écrire. Mais en même
temps je n'avais cessé en écrivant de pleurer ;
d'abord un peu de la même manière que le jour
où j'avais joué la fausse séparation, parce que
ces mots me représentant l'idée qu'ils m'expri-
maient quoiqu'ils tendissent à un but contraire
(prononcés mensongèrement pour ne pas, par
fierté, avouer que j'aimais), ils portaient en eux
leur tristesse. Mais aussi parce que je sentais
que cette idée avait de la vérité.

Le résultat de cette lettre me paraissant certain, je regrettai de l'avoir envoyée. Car en me
représentant le retour en somme si aisé d'Albertine, brusquement toutes les raisons qui rendaient notre mariage une chose mauvaise pour
moi revinrent avec toute leur force. J'espérais
qu'elle refuserait de revenir. J'étais en train de
calculer que ma liberté, tout l'avenir de ma vie
étaient suspendus à son refus, que j'avais fait
une folie d'écrire, que j'aurais dû reprendre ma
lettre hélas partie, quand Françoise en me
donnant aussi le journal qu'elle venait de
monter me la rapporta. Elle ne savait pas avec

combien de timbres elle devait l'affranchir. Mais aussitôt je changeai d'avis; je souhaitais qu'Albertine ne revînt pas, mais je voulais que cette décision vînt d'elle pour mettre fin à mon anxiété et je résolus de rendre la lettre à Françoise. J'ouvris le journal, il annonçait une représentation de la Berma. Alors je me souvins des deux façons différentes dont j'avais écouté Phèdre, et ce fut maintenant d'une troisième que je pensai à la scène de la déclaration. Il me semblait que ce que je m'étais si souvent récité à moi-même et que j'avais écouté au théâtre, c'était l'énoncé des lois que je devais expérimenter dans ma vie. Il y a dans notre âme des choses auxquelles nous ne savons pas combien nous tenons. Ou bien si nous vivons sans elles, c'est parce que nous remettons de jour en jour, par peur d'échouer, ou de souffrir, d'entrer en leur possession. C'est ce qui m'était arrivé pour Gilberte quand j'avais cru renoncer à elle. Qu'avant le moment où nous sommes tout à fait détachés de ces choses, — moment bien postérieur à celui où nous nous en croyons détachés, — la jeune fille que nous aimons, par exemple, se fiance, nous sommes fous, nous ne pouvons plus supporter la vie qui nous paraissait si mélancoliquement calme. Ou bien si la chose est en notre possession, nous croyons qu'elle nous est à charge, que nous nous en déferions volontiers. C'est ce qui m'était arrivé pour Albertine. Mais **que par un départ l'être indifférent nous soit retiré**

et nous ne pouvons plus vivre. Or l' « argument »
de Phèdre ne réunissait-il pas les deux cas ? Hippolyte va partir. Phèdre qui jusque-là a pris
soin de s'offrir à son inimitié, par scrupule, dit-
elle, ou plutôt lui fait dire le poète, parce qu'elle
ne voit pas à quoi elle arriverait et qu'elle ne se
sent pas aimée, Phèdre n'y tient plus. Elle vient
lui avouer son amour, et c'est la scène que je
m'étais si souvent récitée : « *On dit qu'un prompt
départ vous éloigne de nous.* » Sans doute cette
raison du départ d'Hippolyte est accessoire, peut-
on penser, à côté de celle de la mort de Thésée.
Et de même quand, quelques vers plus loin,
Phèdre fait un instant semblant d'avoir été mal
comprise : « *Aurais-je perdu tout le soin de ma
gloire* », on peut croire que c'est parce que Hippolyte a repoussé sa déclaration. « *Madame,
oubliez-vous que Thésée est mon père, et qu'il est
votre époux.* » Mais il n'aurait pas eu cette indignation, que, devant le bonheur atteint, Phèdre
aurait pu avoir le même sentiment qu'il valait
peu de chose. Mais dès qu'elle voit qu'il n'est
pas atteint, qu'Hippolyte croit avoir mal compris
et s'excuse, alors, comme moi voulant rendre
à Françoise ma lettre, elle veut que le refus
vienne de lui, elle veut pousser jusqu'au bout
sa chance : « *Ah ! cruel, tu m'as trop entendue.* »
Et il n'y a pas jusqu'aux duretés qu'on m'avait
racontées de Swann envers Odette, ou de moi à
l'égard d'Albertine, duretés qui substituèrent à
l'amour antérieur un nouvel amour, fait de pitié,

d'attendrissement, de besoin d'effusion et qui ne fait que varier le premier, qui ne se trouvent aussi dans cette scène : « *Tu me haïssais plus, je ne t'aimais pas moins. Tes malheurs te prêtaient encor de nouveaux charmes.* » La preuve que le « soin de sa gloire » n'est pas ce à quoi tient le plus Phèdre, c'est qu'elle pardonnerait à Hippolyte et s'arracherait aux conseils d'Œnone si elle n'apprenait à ce moment qu'Hippolyte aime Aricie. Tant la jalousie, qui en amour équivaut à la perte de tout bonheur, est plus sensible que la perte de la réputation. C'est alors qu'elle laisse Œnone (qui n'est que le nom de la pire partie d'elle-même) calomnier Hippolyte sans se charger « du soin de le défendre » et envoie ainsi celui qui ne veut pas d'elle à un destin dont les calamités ne la consolent d'ailleurs nullement elle-même, puisque sa mort volontaire suit de près la mort d'Hippolyte. C'est du moins ainsi, en réduisant la part de tous les scrupules « jansénistes », comme eût dit Bergotte, que Racine a donné à Phèdre pour la faire paraître moins coupable, que m'apparaissait cette scène, sorte de prophétie des épisodes amoureux de ma propre existence. Ces réflexions n'avaient d'ailleurs rien changé à ma détermination, et je tendis ma lettre à Françoise pour qu'elle la mît enfin à la poste, afin de réaliser auprès d'Albertine cette tentative qui me paraissait indispensable depuis que j'avais appris qu'elle ne s'était pas effectuée. Et sans doute, nous avons tort de croire que l'accomplis-

sement de notre désir soit peu de chose, puisque
dès que nous croyons qu'il peut ne pas se réaliser
nous y tenons de nouveau, et ne trouvons qu'il
ne valait pas la peine de le poursuivre que quand
nous sommes bien sûrs de ne le manquer pas. Et
pourtant on a raison aussi. Car si cet accomplissement, si le bonheur ne paraissent petits que
par la certitude, cependant ils sont quelque chose
d'instable d'où ne peuvent sortir que des chagrins.
Et les chagrins seront d'autant plus forts que le
désir aura été plus complètement accompli, plus
impossibles à supporter que le bonheur aura été,
contre la loi de nature, quelque temps prolongé,
qu'il aura reçu la consécration de l'habitude.
Dans un autre sens aussi, les deux tendances,
dans l'espèce celle qui me faisait tenir à ce que
ma lettre partît, et, quand je la croyais partie,
à la regretter, ont l'une et l'autre en elles leur
vérité. Pour la première, il est trop compréhensible que nous courrions après notre bonheur —
ou notre malheur — et qu'en même temps nous
souhaitions de placer devant nous, par cette
action nouvelle qui va commencer à dérouler ses
conséquences, une attente qui ne nous laisse pas
dans le désespoir absolu, en un mot que nous
cherchions à faire passer par d'autres formes
que nous nous imaginons devoir nous être moins
cruelles, le mal dont nous souffrons. Mais l'autre
tendance n'est pas moins importante, car, née
de la croyance au succès de notre entreprise, elle
est tout simplement le commencement anticipé

de la désillusion que nous éprouverions bientôt
en présence de la satisfaction du désir, le regret
d'avoir fixé pour nous, aux dépens des autres
qui se trouvent exclues, cette forme du bonheur.
J'avais donné la lettre à Françoise en lui demandant d'aller vite la mettre à la poste. Dès que
ma lettre fut partie, je conçus de nouveau le
retour d'Albertine comme imminent. Il ne laissait
pas de mettre dans ma pensée de gracieuses
images qui neutralisaient bien un peu par leur
douceur, les dangers que je voyais à ce retour.
La douceur, perdue depuis si longtemps, de
l'avoir auprès de moi m'enivrait.

Le temps passe, et peu à peu tout ce qu'on disait
par mensonge devient vrai, je l'avais trop expérimenté avec Gilberte ; l'indifférence que j'avais
feinte quand je ne cessais de sangloter, avait fini
par se réaliser ; peu à peu la vie, comme je le
disais à Gilberte en une formule mensongère et
qui rétrospectivement était devenue vraie, la
vie nous avait séparés. Je me le rappelais, je me
disais : « Si Albertine laisse passer quelque temps
mes mensonges deviendront une vérité. Et maintenant que le plus dur est passé, ne serait-il pas
à souhaiter qu'elle laissât passer ce mois? Si elle
revient, je renoncerai à la vie véritable que certes
je ne suis pas en état de goûter encore, mais
qui progressivement pourra commencer à présenter pour moi des charmes tandis que le souvenir d'Albertine ira en s'affaiblissant. »

J'ai dit que l'oubli commençait à faire son

œuvre. Mais un des effets de l'oubli était précisément — en faisant que beaucoup des aspects déplaisants d'Albertine, des heures ennuyeuses que je passais avec elle, ne se représentaient plus à ma mémoire, cessaient donc d'être des motifs à désirer qu'elle ne fût plus là comme je le souhaitais quand elle y était encore, — de me donner d'elle une image sommaire, embellie de tout ce que j'avais éprouvé d'amour pour d'autres. Sous cette forme particulière, l'oubli qui pourtant travaillait à m'habituer à la séparation, me faisait, en me montrant Albertine plus douce, souhaiter davantage son retour.

Depuis qu'elle était partie, bien souvent, quand il me semblait qu'on ne pouvait pas voir que j'avais pleuré, je sonnais Françoise et je lui disais : « Il faudra voir si Mademoiselle Albertine n'a rien oublié. Pensez à faire sa chambre, pour qu'elle soit bien en état quand elle viendra. » Ou simplement: « Justement l'autre jour Mademoiselle Albertine me disait, tenez justement la veille de son départ.... » Je voulais diminuer chez Françoise le détestable plaisir que lui causait le départ d'Albertine en lui faisant entrevoir qu'il serait court. Je voulais aussi montrer à Françoise que je ne craignais pas de parler de ce départ, le montrer — comme font certains généraux qui appellent des reculs forcés une retraite stratégique et conforme à un plan préparé — comme voulu, comme constituant un épisode dont je cachais momentanément la vraie signification, nullement comme la fin de mon amitié avec Albertine. En la nommant sans cesse, je voulais enfin faire rentrer, comme un peu d'air, quelque chose d'elle dans cette chambre, où son départ avait fait le vide et où je ne respirais plus. Puis on cherche à diminuer les proportions de sa douleur en la faisant entrer dans le langage parlé entre la commande d'un costume et des ordres pour le dîner.

En faisant la chambre d'Albertine, Françoise, curieuse, ouvrit le tiroir d'une petite table en bois de rose où mon amie mettait les objets intimes qu'elle ne gardait pas pour dormir. « Oh ! Monsieur, Mademoiselle Albertine a oublié de prendre ses bagues, elles sont restées dans le tiroir. » Mon premier mouvement fut de dire : « Il faut les lui renvoyer. » Mais cela avait l'air de ne pas être certain qu'elle reviendrait. « Bien, répondis-je après un instant de silence, cela ne vaut guère la peine de les lui renvoyer pour le peu de temps qu'elle doit être absente. Donnez-les-moi, je verrai. » Françoise me les remit avec une certaine méfiance. Elle détestait Albertine, mais me jugeant d'après elle-même, elle se figurait qu'on ne pouvait me remettre une lettre écrite par mon amie sans crainte que je l'ouvrisse. Je pris les bagues. « Que Monsieur y fasse attention de ne pas les perdre, dit Françoise, on peut dire qu'elles sont belles ! Je ne sais pas qui les lui a données, si c'est Monsieur ou un autre, mais je vois bien que c'est quelqu'un de

76

riche et qui a du goût ! » « Ce n'est pas moi,
répondis-je à Françoise, et d'ailleurs ce n'est
pas de la même personne que viennent les deux,
l'une lui a été donnée par sa tante et elle a
acheté l'autre. » « Pas de la même personne !
s'écria Françoise, Monsieur veut rire, elles sont
pareilles, sauf le rubis qu'on a ajouté sur l'une,
il y a le même aigle sur les deux, les mêmes ini
tiales à l'intérieur... » Je ne sais pas si Françoise
sentait le mal qu'elle me faisait mais elle com
mença à ébaucher un sourire qui ne quitta plus
ses lèvres. « Comment, le même aigle ? Vous êtes
folle. Sur celle qui n'a pas de rubis il y a bien
un aigle, mais sur l'autre c'est une espèce de
tête d'homme qui est ciselée. » « Une tête d'homme,
où Monsieur a vu ça ? Rien qu'avec mes lorgnons,
j'ai tout de suite vu que c'était une des ailes de
l'aigle ; que Monsieur prenne sa loupe, il verra
l'autre aile sur l'autre côté, la tête et le bec au
milieu. On voit chaque plume. Ah ! c'est un beau
travail. » L'anxieux besoin de savoir si Albertine
m'avait menti me fit oublier que j'aurais dû
garder quelque dignité envers Françoise et lui
refuser le plaisir méchant qu'elle avait sinon à
me torturer, du moins à nuire à mon amie. Je
haletais tandis que Françoise allait chercher ma
loupe, je la pris, je demandai à Françoise de me
montrer l'aigle sur la bague au rubis, elle n'eut
pas de peine à me faire reconnaître les ailes,
stylisées de la même façon que dans l'autre bague,
le relief de chaque plume, la tête. Elle me fit

remarquer aussi des inscriptions semblables, auxquelles, il est vrai, d'autres étaient jointes dans
la bague au rubis. Et à l'intérieur des deux le
chiffre d'Albertine. « Mais cela m'étonne que
Monsieur ait eu besoin de tout cela pour voir
que c'était la même bague, me dit Françoise.
Même sans les regarder de près on sent bien la
même façon, la même manière de plisser l'or,
la même forme. Rien qu'à les apercevoir j'aurais
juré qu'elles venaient du même endroit. Ça se
reconnaît comme la cuisine d'une bonne cuisi-
nière. » Et en effet, à sa curiosité de domestique
attisée par la haine et habituée à noter des détails
avec une effrayante précision, s'était joint, pour
l'aider dans cette expertise, ce goût qu'elle avait,
ce même goût en effet qu'elle montrait dans la
cuisine et qu'avivait peut-être, comme je m'en
étais aperçu en partant pour Balbec dans sa
manière de s'habiller, sa coquetterie de femme
qui a été jolie, qui a regardé les bijoux et les
toilettes des autres. Je me serais trompé de boîte
de médicament et, au lieu de prendre quelques
cachets de véronal un jour où je sentais que
j'avais bu trop de tasses de thé, j'aurais pris autant
de cachets de caféine, que mon cœur n'eût pas
pu battre plus violemment. Je demandai à Françoise de sortir de la chambre. J'aurais voulu voir
Albertine immédiatement. A l'horreur de son
mensonge, à la jalousie pour l'inconnu, s'ajoutait
la douleur qu'elle se fût laissé ainsi faire des
cadeaux. Je lui en faisais plus, il est vrai, mais

une femme que nous entretenons ne nous semble pas une femme entretenue tant que nous ne savons pas qu'elle l'est par d'autres. Et pourtant puisque je n'avais cessé de dépenser pour elle tant d'argent, je l'avais prise malgré cette bassesse morale ; cette bassesse je l'avais maintenue en elle, je l'avais peut-être accrue, peut-être créée. Puis, comme nous avons le don d'inventer des contes pour bercer notre douleur, comme nous arrivons, quand nous mourons de faim, à nous persuader qu'un inconnu va nous laisser une fortune de cent millions, j'imaginai Albertine dans mes bras, m'expliquant d'un mot que c'était à cause de la ressemblance de la fabrication qu'elle avait acheté l'autre bague, que c'était elle qui y avait fait mettre ses initiales. Mais cette explication était encore fragile, elle n'avait pas encore eu le temps d'enfoncer dans mon esprit ses racines bienfaisantes, et ma douleur ne pouvait être si vite apaisée. Et je songeais que tant d'hommes qui disent aux autres que leur maîtresse est bien gentille, souffrent de pareilles tortures. C'est ainsi qu'ils mentent aux autres et à eux-mêmes. Ils ne mentent pas tout à fait ; ils ont avec cette femme des heures vraiment douces ; mais songez à tout ce que cette gentillesse qu'elles ont pour eux devant leurs amis et qui leur permet de se glorifier, et à tout ce que cette gentillesse qu'elles ont seules avec leurs amants, et qui leur permet de les bénir, recouvrent d'heures inconnues où l'amant a souffert, douté, fait partout d'inutiles

recherches pour savoir la vérité ! C'est à de
telles souffrances qu'est liée la douceur d'aimer,
de s'enchanter des propos les plus insignifiants
d'une femme, qu'on sait insignifiants, mais qu'on
parfume de son odeur. En ce moment, je ne
pouvais plus me délecter à respirer par le souvenir
celle d'Albertine. Atterré, les deux bagues à la
main, je regardais cet aigle impitoyable dont le
bec me tenaillait le cœur, dont les ailes aux plumes
en relief avaient emporté la confiance que je
gardais dans mon amie, et sous les serres duquel
mon esprit meurtri ne pouvait pas échapper un
instant aux questions posées sans cesse relativement à cet inconnu dont l'aigle symbolisait sans
doute le nom, sans pourtant me le laisser lire,
qu'elle avait aimé sans doute autrefois, et qu'elle
avait revu sans doute il n'y avait pas longtemps,
puisque c'est le jour si doux, si familial de la
promenade ensemble au Bois que j'avais vu, pour
la première fois, la seconde bague, celle où l'aigle
avait l'air de tremper son bec dans la nappe de
sang clair du rubis.

Du reste si, du matin au soir, je ne cessais de
souffrir du départ d'Albertine, cela ne signifiait
pas que je ne pensais qu'à elle. D'une part son
charme ayant depuis longtemps gagné de proche
en proche des objets qui finissaient par en être
très éloignés, mais n'étaient pas moins électrisés
par la même émotion qu'elle me donnait, si
quelque chose me faisait penser à Incarville ou
aux Verdurin, ou à un nouveau rôle de Léa, un

flux de souffrance venait me frapper. D'autre part moi-même, ce que j'appelais penser à Albertine, c'était penser aux moyens de la faire revenir, de la rejoindre, de savoir ce qu'elle faisait. De sorte que si pendant ces heures de martyre incessant, un graphique avait pu représenter les images qui accompagnaient mes souffrances, on eût aperçu celles de la gare d'Orsay, des billets de banque offerts à Mme Bontemps, de Saint-Loup penché sur le pupitre incliné d'un bureau de télégraphe où il remplissait une formule de dépêche pour moi, jamais l'image d'Albertine. De même que dans tout le cours de notre vie notre égoïsme voit tout le temps devant lui les buts précieux pour notre moi, mais ne regarde jamais ce *Je* lui-même qui ne cesse de les considérer, de même le désir qui dirige nos actes descend vers eux, mais ne remonte pas à soi, soit que, trop utilitaire, il se précipite dans l'action et dédaigne la connaissance, soit que nous recherchions l'avenir pour corriger les déceptions du présent, soit que la paresse de l'esprit le pousse à glisser sur la pente aisée de l'imagination, plutôt qu'à remonter la pente abrupte de l'introspection. En réalité, dans ces heures de crise où nous jouerions toute notre vie, au fur et à mesure que l'être dont elle dépend révèle mieux l'immensité de la place qu'il occupe pour nous, en ne laissant rien dans le monde qui ne soit bouleversé par lui, proportionnellement l'image de cet être décroît jusqu'à ne plus être percep-

tible. En toutes choses nous trouvons l'effet de
sa présence par l'émotion que nous ressentons ;
lui-même, la cause, nous ne le trouvons nulle
part. Je fus pendant ces jours-là si incapable de
me représenter Albertine que j'aurais presque
pu croire que je ne l'aimais pas, comme ma mère,
dans les moments de désespoir où elle fut incapable de se représenter jamais ma grand'mère
(sauf une fois dans la rencontre fortuite d'un rêve
dont elle sentait tellement le prix, quoique endor-
mie, qu'elle s'efforçait avec ce qui lui restait de
forces dans le sommeil, de le faire durer), aurait
pu s'accuser et s'accusait en effet de ne pas
regretter sa mère dont la mort la tuait, mais dont
les traits se dérobaient à son souvenir.

Pourquoi eussè-je cru qu'Albertine n'aimait
pas les femmes ? Parce qu'elle avait dit, surtout
les derniers temps, ne pas les aimer : mais notre
vie ne reposait-elle pas sur un perpétuel mensonge ? Jamais elle ne m'avait dit une fois :
« Pourquoi est-ce que je ne peux pas sortir librement, pourquoi demandez-vous aux autres ce que
je fais ? » Mais c'était en effet une vie trop singu-
lière pour qu'elle ne me l'eût pas demandé si elle
n'avait pas compris pourquoi. Et à mon silence
sur les causes de sa claustration, n'était-il pas
compréhensible que correspondît de sa part un
mâme et constant silence sur ses perpétuels désirs,
ses souvenirs innombrables, ses innombrables
désirs et espérances ? Françoise avait l'air de
savoir que je mentais quand je faisais allusion au

prochain retour d'Albertine. Et sa croyance semblait fondée sur un peu plus que sur cette vérité
qui guidait d'habitude notre domestique, que les
maîtres n'aiment pas à être humiliés vis-à-vis
de leurs serviteurs et ne leur font connaître de
la réalité que ce qui ne s'écarte pas trop d'une
fiction flatteuse, propre à entretenir le respect.
Cette fois-ci la croyance de Françoise avait l'air
fondée sur autre chose, comme si elle eût elle-
même éveillé, entretenu la méfiance dans l'esprit
d'Albertine, surexcité sa colère, bref l'eût poussée
au point où elle aurait pu prédire comme inévitable son départ. Si c'était vrai, ma version d'un
départ momentané, connu et approuvé par moi,
n'avait pu rencontrer qu'incrédulité chez Françoise. Mais l'idée qu'elle se faisait de la nature
intéressée d'Albertine, l'exaspération avec laquelle,
dans sa haine, elle grossissait le « profit » qu'Albertine était censée tirer de moi, pouvaient dans
une certaine mesure faire échec à sa certitude.
Aussi quand devant elle je faisais allusion, comme
à une chose toute naturelle, au retour prochain
d'Albertine, Françoise regardait-elle ma figure,
pour voir si je n'inventais pas, de la même façon
que, quand le maître d'hôtel pour l'ennuyer lui
lisait, en changeant les mots, une nouvelle politique qu'elle hésitait à croire, par exemple la
fermeture des églises et la déportation des curés,
même du bout de la cuisine et sans pouvoir lire,
elle fixait instinctivement et avidement le journal,
comme si elle eût pu voir si c'était vraiment écrit.

Quand Françoise vit qu'après avoir écrit une
longue lettre j'y mettais l'adresse de Mme Bontemps, cet effroi jusque-là si vague qu'Albertine
revînt, grandit chez elle. Il se doubla d'une véritable consternation quand un matin, elle dut me
remettre dans mon courrier une lettre sur l'enveloppe de laquelle elle avait reconnu l'écriture
d'Albertine. Elle se demandait si le départ d'Albertine n'avait pas été une simple comédie, supposition qui la désolait doublement comme assu-
rant définitivement pour l'avenir la vie d'Albertine à la maison et comme constituant pour moi,
c'est-à-dire, en tant que j'étais le maître de
Françoise, pour elle-même, l'humiliation d'avoir
été joué par Albertine. Quelque impatience que
j'eusse de lire la lettre de celle-ci, je ne pus m'empêcher de considérer un instant les yeux de
Françoise d'où tous les espoirs s'étaient enfuis,
en induisant de ce présage l'imminence du retour
d'Albertine, comme un amateur de sports d'hiver
conclut avec joie que les froids sont proches en
voyant le départ des hirondelles. Enfin Françoise
partit, et quand je me fus assuré qu'elle avait
refermé la porte, j'ouvris sans bruit pour n'avoir
pas l'air anxieux, la lettre que voici :

« Mon ami, merci de toutes les bonnes choses
que vous me dites, je suis à vos ordres pour
décommander la Rolls si vous croyez que j'y
puisse quelque chose, et je le crois. Vous n'avez
qu'à m'écrire le nom de votre intermédiaire. Vous
vous laisseriez monter le cou par ces gens qui ne

cherchent qu'une chose, c'est à vendre, et que feriez-vous d'une auto, vous qui ne sortez jamais ? Je suis très touchée que vous ayez gardé un bon souvenir de notre dernière promenade. Croyez que de mon côté je n'oublierai pas cette promenade deux fois crépusculaire (puisque la nuit venait et que nous allions nous quitter) et qu'elle ne s'effacera de mon esprit qu'avec la nuit complète. »

Je sentis que cette dernière phrase n'était qu'une phrase et qu'Albertine n'aurait pas pu garder, pour jusqu'à sa mort, un si doux souvenir de cette promenade où elle n'avait certainement eu aucun plaisir puisqu'elle était impatiente de me quitter. Mais j'admirai aussi comme la cycliste, la golfeuse de Balbec, qui n'avait rien lu qu'*Esther* avant de me connaître, était douée et combien j'avais eu raison de trouver qu'elle s'était chez moi enrichie de qualités nouvelles qui la faisaient différente et plus complète. Et ainsi, la phrase que je lui avais dite à Balbec : « Je crois que mon amitié vous serait précieuse, que je suis justement la personne qui pourrait vous apporter ce qui vous manque » — je lui avais mis comme dédicace sur une photographie : « avec la certitude d'être providentiel » — cette phrase, que je disais sans y croire et uniquement pour lui faire trouver bénéfice à me voir et passer sur l'ennui qu'elle y pouvait avoir, cette phrase se trouvait, elle aussi, avoir été vraie. De même, en somme, quand je lui avais dit que je ne voulais pas la voir par peur de l'aimer, j'avais dit cela parce qu'au contraire je savais que dans la fréquentation constante mon amour s'amortissait et que la séparation l'exaltait, mais en réalité la fréquentation constante avait fait naître un besoin d'elle infiniment plus fort que l'amour des premiers temps de Balbec.

La lettre d'Albertine n'avançait en rien les choses. Elle ne me parlait que d'écrire à l'intermédiaire. Il fallait sortir de cette situation, brusquer les choses, et j'eus l'idée suivante. Je fis immédiatement porter à Andrée une lettre où je lui disais qu'Albertine était chez sa tante, que je me sentais bien seul, qu'elle me ferait un immense plaisir en venant s'installer chez moi pour quelques jours et que, comme je ne voulais faire aucune cachotterie, je la priais d'en avertir Albertine. Et en même temps j'écrivis à Albertine comme si je n'avais pas encore reçu sa lettre : « Mon amie, pardonnez-moi ce que vous comprendrez si bien, je déteste tant les cachotteries que j'ai voulu que vous fussiez avertie par elle et par moi. J'ai, à vous avoir eue si doucement chez moi, pris la mauvaise habitude de ne pas être seul. Puisque nous avons décidé que vous ne reviendriez pas, j'ai pensé que la personne qui vous remplacerait le mieux, parce que c'est celle qui me changerait le moins, qui vous rappellerait le plus, c'était Andrée, et je lui ai demandé de venir. Pour que tout cela n'eût pas l'air trop brusque, je ne lui ai parlé que de quelques jours, mais

entre nous je pense bien que cette fois-ci c'est
une chose de toujours. Ne croyez vous pas que
j'aie raison. Vous savez que votre petit groupe
de jeunes filles de Balbec a toujours été la cellule
sociale qui a exercé sur moi le plus grand prestige,
auquel j'ai été le plus heureux d'être un jour
agrégé. Sans doute c'est ce prestige qui se fait
encore sentir. Puisque la fatalité de nos caractères
et la malchance de la vie a voulu que ma petite
Albertine ne pût pas être ma femme, je crois que
j'aurai tout de même une femme — moins charmante qu'elle, mais à qui des conformités plus
grandes de nature permettront peut-être d'être
plus heureuse avec moi — dans Andrée. » Mais
après avoir fait partir cette lettre, le soupçon me
vint tout à coup que, quand Albertine m'avait
écrit : « J'aurais été trop heureuse de revenir si
vous me l'aviez écrit directement », elle ne me
l'avait dit que parce que je ne lui avais pas écrit
directement et que, si je l'avais fait, elle ne serait
pas revenue tout de même, qu'elle serait contente
de voir Andrée chez moi, puis ma femme, pourvu
qu'elle, Albertine, fût libre, parce qu'elle pouvait
maintenant, depuis déjà huit jours, détruisant
les précautions de chaque heure que j'avais prises
pendant plus de six mois à Paris, se livrer à ses
vices et faire ce que minute par minute j'avais
empêché. Je me disais que probablement elle
usait mal, là-bas, de sa liberté, et sans doute cette
idée que je formais me semblait triste mais restait
générale, ne me montrant rien de particulier, et

par le nombre indéfini des amantes possibles qu'elle me faisait supposer, ne me laissait m'arrêter à aucune, entraînait mon esprit dans une sorte de mouvement perpétuel non exempt de douleur, mais d'une douleur qui par le défaut d'une image concrète était supportable. Pourtant cette douleur cessa de le demeurer et devint atroce quand Saint-Loup arriva. Avant de dire pourquoi les paroles qu'il me dit me rendirent si malheureux, je dois relater un incident que je place immédiatement avant sa visite et dont le souvenir me troubla ensuite tellement qu'il affaiblit, sinon l'impression pénible que me produisit ma conversation avec Saint-Loup, du moins la portée pratique de cette conversation. Cet incident consiste en ceci. Brûlant d'impatience de voir Saint-Loup, je l'attendais sur l'escalier (ce que je n'aurais pu faire si ma mère avait été là, car c'est ce qu'elle détestait le plus au monde après « parler par la fenêtre ») quand j'entendis les paroles suivantes : « Comment vous ne savez pas faire renvoyer quelqu'un qui vous déplaît ? Ce n'est pas difficile. Vous n'avez par exemple qu'à cacher les choses qu'il faut qu'il apporte. Alors, au moment où ses patrons sont pressés, l'appellent, il ne trouve rien, il perd la tête. Ma tante vous dira, furieuse après lui : « Mais qu'est-ce qu'il fait ? » Quand il arrivera en retard tout le monde sera en fureur et il n'aura pas ce qu'il faut. Au bout de quatre ou cinq fois vous pouvez être sûr qu'il sera renvoyé, surtout si vous avez soin de salir en cachette ce qu'il doit apporter de propre, et mille autres trucs comme cela. » Je restais muet de stupéfaction car ces paroles machiavéliques et cruelles étaient prononcées par la voix de Saint-Loup. Or je l'avais toujours considéré comme un être si bon, si pitoyable aux malheureux, que cela me faisait le même effet que s'il avait récité un rôle de Satan : ce ne pouvait être en son nom qu'il parlait. « Mais il faut bien que chacun gagne sa vie », dit son interlocuteur que j'aperçus alors et qui était un des valets de pied de la duchesse de Guermantes. « Qu'est-ce que ça vous fiche du moment que vous serez bien ? répondit méchamment Saint-Loup. Vous aurez en plus le plaisir d'avoir un souffre-douleurs. Vous pouvez très bien renverser des encriers sur sa livrée au moment où il viendra servir un grand dîner, enfin ne pas lui laisser une minute de repos jusqu'à ce qu'il finisse par préférer s'en aller. Du reste, moi je pousserai à la roue, je dirai à ma tante que j'admire votre patience de servir avec un lourdaud pareil et aussi mal tenu ». Je me montrai, Saint-Loup vint à moi, mais ma confiance en lui était ébranlée depuis que je venais de l'entendre tellement différent de ce que je connaissais. Et je me demandai si quelqu'un qui était capable d'agir aussi cruellement envers un malheureux, n'avait pas joué le rôle d'un traître vis-à-vis de moi, dans sa mission auprès de Mme Bontemps. Cette réflexion servit surtout à ne pas me faire considérer son insuccès comme une preuve que je ne

pouvais pas réussir, une fois qu'il m'eut quitté.
Mais pendant qu'il fut auprès de moi, c'était
pourtant au Saint-Loup d'autrefois et surtout à
l'ami qui venait de quitter Mme Bontemps que
je pensais. Il me dit d'abord : « Tu trouves que
j'aurais dû te téléphoner davantage mais on disait
toujours que tu n'étais pas libre. » Mais où ma
souffrance devint insupportable, ce fut quand il
me dit : « Pour commencer par où ma dernière
dépêche t'a laissé, après avoir passé par une
espèce de hangar, j'entrai dans la maison et au
bout d'un long couloir on me fit entrer dans un
salon. » A ces mots de hangar, de couloir, de salon
et avant même qu'ils eussent finis d'être prononcés, mon cœur fut bouleversé avec plus de
rapidité que par un courant électrique, car la
force qui fait le plus de fois le tour de la terre
en une seconde, ce n'est pas l'électricité, c'est la
douleur. Comme je les répétai, renouvelant le
choc à plaisir, ces mots de hangar, de couloir, de
salon, quand Saint-Loup fut parti ! Dans un
hangar on peut se coucher avec une amie. Et dans
ce salon qui sait ce qu'Albertine faisait quand
sa tante n'était pas là. Et quoi ? Je m'étais donc
représenté la maison où elle habitait comme ne
pouvant posséder ni hangar, ni salon. Non, je ne
me l'étais pas représentée du tout, sinon comme
un lieu vague. J'avais souffert une première fois
quand s'était individualisé géographiquement le
lieu où était Albertine. Quand j'avais appris
qu'au lieu d'être dans deux ou trois endroits pos-

sibles, elle était en Touraine, ces mots de sa
concierge avaient marqué dans mon cœur comme
sur une carte la place où il fallait enfin souffrir.
Mais une fois habitué à cette idée qu'elle était
dans une maison de Touraine, je n'avais pas vu
la maison. Jamais ne m'était venue à l'imagination cette affreuse idée de salon, de hangar, de
couloir, qui me semblaient face à moi sur la rétine
de Saint-Loup qui les avait vues, ces pièces dans
lesquelles Albertine allait, passait, vivait, ces
pièces-là en particulier et non une infinité de
pièces possibles qui s'étaient détruites l'une l'autre.
Avec les mots de hangar, de couloir, de salon, ma
folie m'apparut d'avoir laissé Albertine huit jours
dans ce lieu maudit dont l'*existence* (et non la
simple possibilité) venait de m'être révélée. Hélas !
quand Saint-Loup me dit aussi que dans ce salon
il avait entendu chanter à tue-tête d'une chambre
voisine et que c'était Albertine qui chantait, je
compris avec désespoir que, débarrassée enfin
de moi, elle était heureuse ! Elle avait reconquis
sa liberté. Et moi qui pensais qu'elle allait venir
prendre la place d'Andrée. Ma douleur se changea
en colère contre Saint-Loup. « C'est tout ce que
je t'avais demandé d'éviter, qu'elle sût que tu
venais. » « Si tu crois que c'était facile! On m'avait
assuré qu'elle n'était pas là. Oh ! je sais bien que
tu n'es pas content de moi, je l'ai bien senti dans
tes dépêches. Mais tu n'es pas juste, j'ai fait ce
que j'ai pu. » Lâchée de nouveau, ayant quitté la
cage d'où chez moi je restais des jours entiers sans

la faire venir dans ma chambre, Albertine avait repris pour moi toute sa valeur, elle était redevenue celle que tout le monde suivait, l'oiseau merveilleux des premiers jours. « Enfin résumons-nous. Pour la question d'argent, je ne sais que te dire, j'ai parlé à une femme qui m'a paru si délicate que je craignais de la froisser. Or elle n'a pas fait ouf quand j'ai parlé de l'argent. Même, un peu plus tard, elle m'a dit qu'elle était touchée de voir que nous nous comprenions si bien. Pourtant tout ce qu'elle a dit ensuite était si délicat, si élevé, qu'il me semblait impossible qu'elle eût dit pour l'argent que je lui offrais : « Nous nous comprenons si bien », car au fond j'agissais en mufle. » « Mais peut-être n'a-t-elle pas compris, elle n'a peut-être pas entendu, tu aurais dû le lui répéter, car c'est cela sûrement qui aurait fait tout réussir. » « Mais comment veux-tu qu'elle n'ait pas entendu, je le lui ai dit comme je te parle là, elle n'est ni sourde, ni folle. » « Et elle n'a fait aucune réflexion ? » « Aucune. » « Tu aurais dû lui redire une fois. » « Comment voulais-tu que je le lui redise ? Dès qu'en entrant j'ai vu l'air qu'elle avait, je me suis dit que tu t'étais trompé, que tu me faisais faire une immense gaffe, et c'était terriblement difficile de lui offrir cet argent ainsi. Je l'ai fait pourtant pour t'obéir, persuadé qu'elle allait me faire mettre dehors. » « Mais elle ne l'a pas fait. Donc ou elle n'avait pas entendu, et il fallait recommencer, ou vous pouviez continuer sur ce sujet. » « Tu dis : « Elle

n'avait pas entendu », parce que tu es ici, mais je
te répète, si tu avais assisté à notre conversation,
il n'y avait aucun bruit, je l'ai dit brutalement,
il n'est pas possible qu'elle n'ait pas compris. »
« Mais enfin elle est bien persuadée que j'ai
toujours voulu épouser sa nièce ? » « Non, ça,
si tu veux mon avis, elle ne croyait pas que tu
eusses du tout l'intention d'épouser. Elle m'a dit
que tu avais dit toi-même à sa nièce que tu voulais
la quitter. Je ne sais même pas si maintenant elle
est bien persuadée que tu veuilles épouser. » Ceci
me rassurait un peu en me montrant que j'étais
moins humilié, donc plus capable d'être encore
aimé, plus libre de faire une démarche décisive.
Pourtant j'étais tourmenté. « Je suis ennuyé parce
que je vois que tu n'es pas content. » « Si, je suis
touché, reconnaissant de ta gentillesse, mais il
me semble que tu aurais pu... » « J'ai fait de mon
mieux. Un autre n'eût pu faire davantage ni
même autant. Essaye d'un autre. » « Mais non,
justement, si j'avais su, je ne t'aurais pas envoyé,
mais ta démarche avortée m'empêche d'en faire
une autre. » Je lui faisais des reproches : il avait
cherché à me rendre service et n'avait pas réussi.
Saint-Loup en s'en allant avait croisé des jeunes
filles qui entraient. J'avais déjà fait souvent la supposition qu'Albertine connaissait des jeunes filles
dans le pays ; mais c'était la première fois que
j'en ressentais la torture. Il faut vraiment croire
que la nature a donné à notre esprit de sécréter
un contrepoison naturel qui annihile les suppo

sitions que nous faisons à la fois sans trêve et
sans danger. Mais rien ne m'immunisait contre
ces jeunes filles que Saint-Loup avait rencontrées.
Tous ces détails, n'était-ce pas justement ce que
j'avais cherché à obtenir de chacun sur Albertine,
n'était-ce pas moi qui, pour les connaître plus
précisément, avais demandé à Saint-Loup, rappelé par son colonel, de passer coûte que coûte
chez moi, n'était-ce donc pas moi qui les avais
souhaités, moi, ou plutôt ma douleur affamée,
avide de croître et de se nourrir d'eux ? Enfin
Saint-Loup m'avait dit avoir eu la bonne surprise
de rencontrer tout près de là, seule figure de
connaissance et qui lui avait rappelé le passé,
une ancienne amie de Rachel, une jolie actrice
qui villégiaturait dans le voisinage. Et le nom de
cette actrice suffit pour que je me dise : « C'est
peut-être avec celle-là » ; cela suffisait pour que
je visse, dans les bras même d'une femme que je
ne connaissais pas, Albertine souriante et rouge
de plaisir. Et au fond pourquoi cela n'eût-il pas
été ? M'étais-je fait faute de penser à des femmes
depuis que je connaissais Albertine ? Le soir où
j'avais été pour la première fois chez la princesse
de Guermantes, quand j'étais rentré, n'était-ce
pas beaucoup moins en pensant à cette dernière
qu'à la jeune fille dont Saint-Loup m'avait parlé
et qui allait dans les maisons de passe et à la
femme de chambre de Mme Putbus ? N'est-ce pas
pour cette dernière que j'étais retourné à Balbec,
et plus récemment, avais bien eu envie d'aller à

ALBERTINE DISPARUE

Venise ? pourquoi Albertine n'eût-elle pas eu
envie d'aller en Touraine ? Seulement au fond,
je m'en apercevais maintenant, je ne l'aurais
pas quittée, je ne serais pas allé à Venise. Même
au fond de moi-même, tout en me disant : « Je la
quitterai bientôt », je savais que je ne la quitterais
plus, tout aussi bien que je savais que je ne me
mettrais plus à travailler, ni à vivre d'une façon
hygiénique, ni à rien faire de ce que chaque jour je
me promettais pour le lendemain. Seulement quoi
que je crusse au fond, j'avais trouvé plus habile
de la laisser vivre sous la menace d'une perpétuelle séparation. Et sans doute, grâce à ma
détestable habileté, je l'avais trop bien con-
vaincue. En tous cas maintenant cela ne pouvait
plus durer ainsi, je ne pouvais pas la laisser en
Touraine avec ces jeunes filles, avec cette actrice,
je ne pouvais supporter la pensée de cette vie qui
m'échappait. J'attendrais sa réponse à ma lettre :
si elle faisait le mal, hélas ! un jour de plus ou
de moins ne faisait rien (et peut-être je me disais
cela parce que, n'ayant plus l'habitude de me
faire rendre compte de chacune de ses minutes,
dont une seule où elle eût été libre m'eût jadis
affolé, ma jalousie n'avait plus la même division
du temps). Mais aussitôt sa réponse reçue, si elle
ne revenait pas, j'irais la chercher ; de gré ou de
force je l'arracherais à ses amies. D'ailleurs ne
valait-il pas mieux que j'y allasse moi-même,
maintenant que j'avais découvert la méchanceté
jusqu'ici insoupçonnée de moi, de St-Loup ; qui

sait s'il n'avait pas organisé tout un complot pour me séparer d'Albertine.

Et cependant comme j'aurais menti maintenant si je lui avais écrit, comme je le lui disais à Paris, que je souhaitais qu'il ne lui arrivât aucun accident. Ah ! s'il lui en était arrivé un, ma vie, au lieu d'être à jamais empoisonnée par cette jalousie incessante eût aussitôt retrouvé sinon le bonheur, du moins le calme par la suppression de la souffrance.

La suppression de la souffrance ? Ai-je pu vraiment le croire, croire que la mort ne fait que biffer ce qui existe et laisser le reste en état, qu'elle enlève la douleur dans le cœur de celui pour qui l'existence de l'autre n'est plus qu'une cause de douleurs, qu'elle enlève la douleur et n'y met rien à la place. La suppression de la douleur ! Parcourant les faits divers des journaux, je regrettais de ne pas avoir le courage de former le même souhait que Swann. Si Albertine avait pu être victime d'un accident, vivante j'aurais eu un prétexte pour courir auprès d'elle, morte j'aurais retrouvé, comme disait Swann, la liberté de vivre. Je le croyais ? Il l'avait cru, cet homme si fin et qui croyait se bien connaître. Comme on sait peu ce qu'on a dans le cœur. Comme, un peu plus tard, s'il avait été encore vivant, j'aurais pu lui apprendre que son souhait, autant que criminel, était absurde, que la mort de celle qu'il aimait ne l'eût délivré de rien.

Je laissai toute fierté vis-à-vis d'Albertine, je

lui envoyai un télégramme désespéré lui demandant de revenir à n'importe quelles conditions,
qu'elle ferait tout ce qu'elle voudrait, que je
demandais seulement à l'embrasser une minute
trois fois par semaine avant qu'elle se couche.
Et elle eût dit une fois seulement, que j'eusse
accepté une fois. Elle ne revint jamais. Mon télégramme venait de partir que j'en reçus un. Il
était de Mme Bontemps. Le monde n'est pas créé
une fois pour toutes pour chacun de nous. Il s'y
ajoute au cours de la vie des choses que nous ne
soupçonnions pas. Ah ! ce ne fut pas la suppression
de la souffrance que produisirent en moi les deux
premières lignes du télégramme : « Mon pauvre
ami, notre petite Albertine n'est plus, pardonnez-
moi de vous dire cette chose affreuse, vous qui
l'aimiez tant. Elle a été jetée par son cheval
contre un arbre pendant une promenade. Tous
nos efforts n'ont pu la ranimer. Que ne suis-je
morte à sa place ? » Non, pas la suppression de la
souffrance, mais une souffrance inconnue, celle
d'apprendre qu'elle ne reviendrait pas. Mais ne
m'étais-je pas dit plusieurs fois qu'elle ne reviendrait peut-être pas ? Je me l'étais dit en effet,
mais je m'apercevais maintenant que pas un
instant je ne l'avais cru. Comme j'avais besoin
de sa présence, de ses baisers pour supporter le
mal que me faisaient mes soupçons, j'avais pris
depuis Balbec l'habitude d'être toujours avec elle.
Même quand elle était sortie, quand j'étais seul,
je l'embrassais encore. J'avais continué depuis

97

qu'elle était en Touraine J'avais moins besoin
de sa fidélité que de son retour. Et si ma raison
pouvait impunément le mettre quelquefois en
doute, mon imagination ne cessait pas un instant
de me le représenter. Instinctivement je passai
ma main sur mon cou, sur mes lèvres qui se
voyaient embrassés par elle depuis qu'elle était
partie et qui ne le seraient jamais plus, je passai
ma main sur eux, comme maman m'avait caressé
à la mort de ma grand'mère en me disant : « Mon
pauvre petit, ta grand'mère qui t'aimait tant, ne
t'embrassera plus. » Toute ma vie à venir se
trouvait arrachée de mon cœur. Ma vie à venir ?
Je n'avais donc pas pensé quelquefois à la vivre
sans Albertine ? Mais non ! Depuis longtemps,
je lui avais donc voué toutes les minutes de ma
vie jusqu'à ma mort ? Mais bien sûr ! Cet avenir
indissoluble d'elle je n'avais pas su l'apercevoir,
mais maintenant qu'il venait d'être descellé, je
sentais la place qu'il tenait dans mon cœur béant.
Françoise qui ne savait encore rien, entra dans
ma chambre ; d'un air furieux, je lui criai :
« Qu'est-ce qu'il y a ? » Alors (il y a quelquefois
des mots qui mettent une réalité différente à la
même place que celle qui est près de nous, ils
nous étourdissent tout autant qu'un vertige), elle
me dit : « Monsieur n'a pas besoin d'avoir l'air
fâché. Il va être au contraire bien content. Ce
sont deux lettres de Mademoiselle Albertine. »
Je sentis, après, que j'avais dû avoir les yeux de
quelqu'un dont l'esprit perd l'équilibre. Je ne fus

même pas heureux, ni incrédule. J'étais comme quelqu'un qui voit la même place de sa chambre occupée par un canapé et par une grotte : rien ne lui paraissant plus réel, il tombe par terre. Les deux lettres d'Albertine avaient dû être écrites à quelques heures de distance, peut-être en même temps, et peu de temps avant la promenade où elle était morte. La première disait : « Mon ami, je vous remercie de la preuve de confiance que vous me donnez en me disant votre intention de faire venir Andrée chez vous. Je sais qu'elle acceptera avec joie et je crois que ce sera très heureux pour elle. Douée comme elle est, elle saura profiter de la compagnie d'un homme tel que vous et de l'admirable influence que vous savez prendre sur un être. Je crois que vous avez eu là une idée d'où peut naître autant de bien pour elle que pour vous. Aussi, si elle faisait l'ombre d'une difficulté (ce que je ne crois pas), télégraphiez-moi, je me charge d'agir sur elle. » La seconde était datée d'un jour plus tard. En réalité elle avait dû les écrire à peu d'instants l'une de l'autre, peut-être ensemble, et antidater la première. Car tout le temps j'avais imaginé dans l'absurde ses intentions qui n'avaient été que de revenir auprès de moi et que quelqu'un de désintéressé dans la chose, un homme sans imagination, le négociateur d'un traité de paix, le marchand qui examine une transaction, eussent mieux jugées que moi. Elle ne contenait que ces mots : « Serait-il trop tard pour que je revienne chez vous ? Si vous n'avez pas encore écrit à Andrée, consentiriez-vous à me reprendre ? Je m'inclinerai devant votre décision, je vous supplie de ne pas tarder à me la faire connaître, vous pensez avec quelle impatience je l'attends. Si c'était que je revienne, je prendrais le train immédiatement. De tout cœur à vous, Albertine. »

Pour que la mort d'Albertine eût pu supprimer mes souffrances, il eût fallu que le choc l'eût tuée non seulement en Touraine, mais en moi. Jamais elle n'y avait été plus vivante. Pour entrer en nous, un être a été obligé de prendre la forme, de se plier au cadre du temps ; ne nous apparaissant que par minutes successives, il n'a jamais pu nous livrer de lui qu'un seul aspect à la fois, nous débiter de lui qu'une seule photographie. Grande faiblesse sans doute pour un être de consister en une simple collection de moments ; grande force aussi ; il relève de la mémoire, et la mémoire d'un moment n'est pas instruite de tout ce qui s'est passé depuis ; ce moment qu'elle a enregistré dure encore, vit encore et avec lui l'être qui s'y profilait. Et puis cet émiettement ne fait pas seulement vivre la morte, il la multiplie. Pour me consoler ce n'est pas une, ce sont d'innombrables Albertine que j'aurais dû oublier. Quand j'étais arrivé à supporter le chagrin d'avoir perdu celle-ci, c'était à recommencer avec une autre, avec cent autres.

Alors ma vie fut entièrement changée. Ce qui en avait fait, et non à cause d'Albertine, parallè-

lement à elle, quand j'étais seul, la douceur, c'était
justement à l'appel de moments identiques la
perpétuelle renaissance de moments anciens. Par
le bruit de la pluie m'était rendue l'odeur des
lilas de Combray, par la mobilité du soleil sur le
balcon, les pigeons des Champs-Élysées, par
l'assourdissement des bruits dans la chaleur de la
matinée, la fraîcheur des cerises, le désir de la
Bretagne ou de Venise par le bruit du vent et le
retour de Pâques. L'été venait, les jours étaient
longs, il faisait chaud. C'était le temps où de grand
matin élèves et professeurs vont dans les jardins
publics préparer les derniers concours sous les
arbres, pour recueillir la seule goutte de fraîcheur
que laisse tomber un ciel moins enflammé que
dans l'ardeur du jour, mais déjà aussi stérilement
pur. De ma chambre obscure, avec un pouvoir
d'évocation égal à celui d'autrefois, mais qui ne
me donnait plus que de la souffrance, je sentais
que dehors, dans la pesanteur de l'air, le soleil
déclinant mettait sur la verticalité des maisons,
des églises, un fauve badigeon. Et si Françoise
en revenant dérangeait sans le vouloir les plis
des grands rideaux, j'étouffais un cri à la déchi-
rure que venait de faire en moi ce rayon de soleil
ancien qui m'avait fait paraître belle la façade
neuve de Bricqueville l'orgueilleuse, quand Albertine m'avait dit : « Elle est restaurée. » Ne sachant
comment expliquer mon soupir à Françoise, je
lui disais : « Ah ! j'ai soif. » Elle sortait, rentrait,
mais je me détournais violemment, sous la

décharge douloureuse d'un des mille souvenirs invisibles qui à tout moment éclataient autour de moi dans l'ombre : je venais de voir qu'elle avait apporté du cidre et des cerises qu'un garçon de ferme nous avait apportés dans la voiture, à Balbec, espèces sous lesquelles j'aurais communié le plus parfaitement, jadis, avec l'arc-en-ciel des salles à manger obscures par les jours brûlants. Alors je pensai pour la première fois à la ferme des Ecorres, et je me dis que certains jours où Albertine me disait à Balbec ne pas être libre, être obligée de sortir avec sa tante, elle était peut-être avec telle de ses amies dans une ferme où elle savait que je n'avais pas mes habitudes, et que pendant qu'à tout hasard je l'attendais à Marie-Antoinette où on m'avait dit : « Nous ne l'avons pas vue aujourd'hui », elle usait avec son amie des mêmes mots qu'avec moi quand nous sortions tous les deux : « Il n'aura pas l'idée de nous chercher ici et comme cela nous ne serons plus dérangées. » Je disais à Françoise de refermer les rideaux pour ne plus voir ce rayon de soleil. Mais il continuait à filtrer, aussi corrosif, dans ma mémoire. « Elle ne me plaît pas, elle est restaurée, mais nous irons demain à Saint-Martin le Vêtu, après-demain à... » Demain, après-demain, c'était un avenir de vie commune, peut-être pour toujours qui commençait, mon cœur s'élança vers lui, mais il n'était plus là, Albertine était morte.

Je demandai l'heure à Françoise. Six heures. Enfin Dieu merci allait disparaître cette lourde chaleur dont autrefois je me plaignais avec Albertine, et que nous aimions tant. La journée prenait fin. Mais qu'est-ce que j'y gagnais ? La fraîcheur du soir se levait, c'était le coucher du soleil ; dans ma mémoire au bout d'une route que nous prenions ensemble pour rentrer, j'apercevais, plus loin que le dernier village, comme une station distante, inaccessible pour le soir même où nous nous arrêterions à Balbec, toujours ensemble. Ensemble alors, maintenant il fallait s'arrêter court devant ce même abîme, elle était morte. Ce n'était plus assez de fermer les rideaux, je tâchais de boucher les yeux et les oreilles de ma mémoire, pour ne pas voir cette bande orangée du couchant, pour ne pas entendre ces invisibles oiseaux qui se répondaient d'un arbre à l'autre de chaque côté de moi qu'embrassait alors si tendrement celle qui maintenant était morte. Je tâchais d'éviter ces sensations que donnent l'humidité des feuilles dans le soir, la montée et la descente des routes à dos d'âne. Mais déjà ces sensations m'avaient ressaisi, ramené assez loin du moment actuel afin qu'eût tout le recul, tout l'élan nécessaires pour me frapper de nouveau, l'idée qu'Albertine était morte. Ah ! jamais je n'entrerais plus dans une forêt, je ne me promènerais plus entre des arbres. Mais les grandes plaines me seraient-elles moins cruelles ? Que de fois j'avais traversé pour aller chercher Albertine, que de fois j'avais repris au retour avec elle la grande plaine de Cricqueville, tantôt par des

103

temps brumeux où l'inondation du brouillard
nous donnait l'illusion d'être entourés d'un lac
immense, tantôt par des soirs limpides où le clair
de lune, dématérialisant la terre, la faisant paraître
à deux pas céleste, comme elle n'est, pendant le
jour, que dans les lointains, enfermait les champs,
les bois avec le firmament auquel il les avait
assimilés, dans l'agate arborisée d'un seul azur.

Françoise devait être heureuse de la mort
d'Albertine, et il faut lui rendre la justice que
par une sorte de convenance et de tact elle ne
simulait pas la tristesse. Mais les lois non écrites
de son antique code et sa tradition de paysanne
médiévale qui pleure comme aux chansons de gestes
étaient plus anciennes que sa haine d'Albertine et
même d'Eulalie. Aussi une de ces fins d'après-
midi-là, comme je ne cachais pas assez rapidement
ma souffrance, elle aperçut mes larmes, servie
par son instinct d'ancienne petite paysanne qui
autrefois lui faisait capturer et faire souffrir les
animaux, n'éprouver que de la gaîté à étrangler
les poulets et à faire cuire vivants les homards
et, quand j'étais malade, à observer, comme les
blessures qu'elle eût infligées à une chouette, ma
mauvaise mine, qu'elle annonçait ensuite sur un
ton funèbre et comme un présage de malheur.
Mais son « coutumier » de Combray ne lui permettait pas de prendre légèrement les larmes, le
chagrin, choses qu'elle jugeait aussi funestes
que d'ôter sa flanelle ou de manger à contre-
cœur. « Oh ! non, Monsieur, il ne faut pas pleurer

comme cela, cela vous ferait mal. » Et en voulant
arrêter mes larmes elle avait l'air aussi inquiet
que si ç'eût été des flots de sang. Malheureusement
je pris un air froid qui coupa court aux effusions
qu'elle espérait et qui du reste eussent peut-être
été sincères. Peut-être en était il pour elle d'Albertine comme d'Eulalie et maintenant que mon
amie ne pouvait plus tirer de moi aucun profit,
Françoise avait-elle cessé de la haïr. Elle tint à
me montrer pourtant qu'elle se rendait bien
compte que je pleurais et que, suivant seulement
le funeste exemple des miens, je ne voulais pas
« faire voir ». « Il ne faut pas pleurer, Monsieur »,
me dit-elle d'un ton cette fois plus calme, et plutôt
pour me montrer sa clairvoyance que pour me
témoigner sa pitié. Et elle ajouta : « Ça devait
arriver, elle était trop heureuse, la pauvre, elle
n'a pas su connaître son bonheur. »

Que le jour est lent à mourir par ces soirs déme-
surés de l'été. Un pâle fantôme de la maison d'en
face continuait indéfiniment à aquareller sur le
ciel sa blancheur persistante. Enfin il faisait nuit
dans l'appartement, je me cognais aux meubles
de l'antichambre, mais dans la porte de l'escalier,
au milieu du noir que je croyais total, la partie
vitrée était translucide et bleue, d'un bleu de
fleur, d'un bleu d'aile d'insecte, d'un bleu qui
m'eût semblé beau si je n'avais senti qu'il était
un dernier reflet, coupant comme un acier, un
coup suprême que dans sa cruauté infatigable
me portait encore le jour. L'obscurité complète

finissait pourtant par venir, mais alors il suffisait d'une étoile vue à côté de l'arbre de la cour pour me rappeler nos départs en voiture, après le dîner, pour les bois de Chantepie, tapissés par le clair de lune. Et même dans les rues, il m'arrivait d'isoler sur le dos d'un banc, de recueillir la pureté naturelle d'un rayon de lune au milieu des lumières artificielles de Paris, — de Paris sur lequel il faisait régner, en faisant rentrer un instant, pour mon imagination, la ville dans la nature, avec le silence infini des champs évoqués, le souvenir douloureux des promenades que j'y avais faites avec Albertine. Ah ! quand la nuit finirait-elle ? Mais à la première fraîcheur de l'aube je frissonnais, car celle-ci avait ramené en moi la douceur de cet été, où, de Balbec à Incarville, d'Incarville à Balbec, nous nous étions tant de fois reconduits l'un l'autre jusqu'au petit jour. Je n'avais plus qu'un espoir pour l'avenir — espoir bien plus déchirant qu'une crainte, — c'était d'oublier Albertine. Je savais que je l'oublierais un jour, j'avais bien oublié Gilberte, Mme de Guermantes, j'avais bien oublié ma grand'mère. Et c'est notre plus juste et plus cruel châtiment de l'oubli si total, paisible comme ceux des cimetières, par quoi nous nous sommes détachés de ceux que nous n'aimons plus, que nous entrevoyions ce même oubli comme inévitable à l'égard de ceux que nous aimons encore. A vrai dire nous savons qu'il est un état non douloureux, un état d'indifférence. Mais ne pou-

vant penser à la fois à ce que j'étais et à ce que
je serais, je pensais avec désespoir à tout ce tégu-
ment de caresses, de baisers, de sommeils amis,
dont il faudrait bientôt me laisser dépouiller pour
jamais. L'élan de ces souvenirs si tendres venant
se briser contre l'idée qu'Albertine était morte,
m'oppressait par l'entrechoc de flux si contrariés
que je ne pouvais rester immobile ; je me levais,
mais tout d'un coup je m'arrêtais, terrassé ; le
même petit jour que je voyais, au moment où
je venais de quitter Albertine, encore radieux et
chaud de ses baisers, venait tirer au-dessus des
rideaux sa lame maintenant sinistre, dont la
blancheur froide, implacable et compacte entrait,
me donnant comme un coup de couteau.

Bientôt les bruits de la rue allaient commencer,
permettant de lire à l'échelle qualitative de leurs
sonorités, le degré de la chaleur sans cesse accrue
où ils retentiraient. Mais dans cette chaleur qui
quelques heures plus tard s'imbiberait de l'odeur
des cerises, ce que je trouvais (comme dans un
remède que le remplacement d'une des parties
composantes par une autre suffit pour rendre,
d'un euphorique et d'un excitatif qu'il était, un
déprimant), ce n'était plus le désir des femmes
mais l'angoisse du départ d'Albertine. D'ailleurs
le souvenir de tous mes désirs était aussi imprégné
d'elle, et de souffrance, que le souvenir des plaisirs. Cette Venise où j'avais cru que sa présence
me serait importune (sans doute parce que je
sentais confusément qu'elle m'y serait nécessaire),

maintenant qu'Albertine n'était plus, j'aimais mieux n'y pas aller. Albertine m'avait semblé un obstacle interposé entre moi et toutes choses, parce qu'elle était pour moi leur contenant et que c'est d'elle, comme d'un vase, que je pouvais les recevoir. Maintenant que ce vase était détruit, je ne me sentais plus le courage de les saisir ; il n'y en avait plus une seule dont je ne me détournasse, abattu, préférant n'y pas goûter. De sorte que ma séparation d'avec elle n'ouvrait nullement pour moi le champ des plaisirs possibles que j'avais cru m'être fermé par sa présence. D'ailleurs l'obstacle que sa présence avait peut-être été en effet pour moi à voyager, à jouir de la vie, m'avait seulement, comme il arrive toujours, masqué les autres obstacles, qui reparaissaient intacts maintenant que celui-là avait disparu. C'est de cette façon qu'autrefois, quand quelque visite aimable m'empêchait de travailler, si le lendemain je restais seul, je ne travaillais pas davantage. Qu'une maladie, un duel, un cheval emporté, nous fassent voir la mort de près, nous aurions joui richement de la vie, de la volupté, des pays inconnus dont nous allons être privés. Et une fois le danger passé, ce que nous retrouverons c'est la même vie morne où rien de tout cela n'existait pour nous.

Sans doute ces nuits si courtes durent peu. L'hiver finirait par revenir, où je n'aurais plus à craindre le souvenir des promenades avec elle jusqu'à l'aube trop tôt levée. Mais les premières gelées ne me rapporteraient-elles pas, conservées dans leur glace, le germe de mes premiers désirs, quand à minuit je la faisais chercher, que le temps me semblait si long jusqu'à son coup de sonnette, que je pourrais maintenant attendre éternellement en vain ? Ne me rapporteraient-elles pas le germe de mes premières inquiétudes, quand deux fois je crus qu'elle ne viendrait pas ? Dans ce temps-là je ne la voyais que rarement ; mais même ces intervalles qu'il y avait alors entre ses visites qui la faisaient surgir, au bout de plusieurs semaines, du sein d'une vie inconnue que je n'essayais pas de posséder, assuraient mon calme, en empêchant les velléités sans cesse interrompues de ma jalousie, de se conglomérer, de faire bloc dans mon cœur. Autant ils eussent pu être apaisants dans ce temps-là, autant, rétrospectivement, ils étaient empreints de souffrance, depuis que ce qu'elle avait pu faire d'inconnu pendant leur durée avait cessé de m'être indifférent, et surtout maintenant qu'aucune visite d'elle ne viendrait plus jamais ; de sorte que ces soirs de janvier où elle venait et qui par là m'avaient été si doux, me souffleraient maintenant dans leur bise aigre une inquiétude que je ne connaissais pas alors, et me rapporteraient, mais devenu pernicieux, le premier germe de mon amour. Et en pensant que je verrais recommencer ce temps froid qui, depuis Gilberte et mes jeux aux Champs-Élysées, m'avait toujours paru si triste ; quand je pensais que reviendraient des soirs pareils à ce soir de

neige où j'avais vainement, toute une partie de
la nuit, attendu Albertine, alors, comme un
malade, se plaçant bien au point de vue du corps,
pour sa poitrine, moi, moralement, à ces moments-là, ce que je redoutais encore le plus, pour
mon chagrin, pour mon cœur, c'était le retour des
grands froids, et je me disais que ce qu'il y aurait
de plus dur à passer, ce serait peut-être l'hiver.
Lié qu'il était à toutes les saisons, pour que je
perdisse le souvenir d'Albertine, il aurait fallu
que je les oubliasse toutes, quitte à recommencer
à les connaître, comme un vieillard frappé d'hémi-
plégie et qui rapprend à lire ; il aurait fallu que
je renonçasse à tout l'univers. Seule, me disais-je,
une véritable mort de moi-même serait capable
(mais elle est impossible) de me consoler de la
sienne. Je ne songeais pas que la mort de soi-
même n'est ni impossible, ni extraordinaire ; elle
se consomme à notre insu, au besoin contre notre
gré, chaque jour, et je souffrirais de la répétition
de toutes sortes de journées que non seulement la
nature, mais des circonstances factices, un ordre
plus conventionnel introduisent dans une saison.
Bientôt reviendrait la date où j'étais allé à
Balbec l'autre été et où mon amour, qui n'était
pas encore inséparable de la jalousie et qui ne
s'inquiétait pas de ce qu'Albertine faisait toute
la journée, devait subir tant d'évolutions avant
de devenir cet amour des derniers temps, si particulier, que cette année finale, où avait commencé
de changer et où s'était terminée la destinée

d'Albertine, m'apparaissait remplie, diverse, vaste,
comme un siècle. Puis ce serait le souvenir de
jours plus tardifs, mais dans des années antérieures,
les dimanches de mauvais temps, où pourtant
tout le monde était sorti, dans le vide de l'après-
midi, où le bruit du vent et de la pluie m'eût
invité jadis à rester à faire le « philosophe sous les
toits » ; avec quelle anxiété je verrais approcher
l'heure où Albertine, si peu attendue, était venue
me voir, m'avait caressé pour la première fois,
s'interrompant pour Françoise, qui avait apporté
la lampe, en ce temps deux fois mort où c'était
Albertine qui était curieuse de moi, où ma tendresse pour elle pouvait légitimement avoir tant
d'espérance. Même à une saison plus avancée,
ces soirs glorieux où les offices, les pensionnats,
entr'ouverts comme des chapelles, baignés d'une
poussière dorée, laissent la rue se couronner de
ces demi-déesses qui causant non loin de nous
avec leurs pareilles, nous donnent la fièvre de
pénétrer dans leur existence mythologique, ne me
rappelaient plus que la tendresse d'Albertine, qui
à côté de moi m'était un empêchement à m'approcher d'elles.

D'ailleurs, au souvenir des heures, même purement naturelles, s'ajouterait forcément le paysage
moral qui en fait quelque chose d'unique. Quand
j'entendrais plus tard le cornet à bouquin du
chevrier, par un premier beau temps, presque
italien, le même jour mélangerait tour à tour à
sa lumière l'anxiété de savoir Albertine au Tro-

cadéro, peut-être avec Léa et les deux jeunes
filles, puis la douceur familiale et domestique,
presque commune, d'une épouse qui me semblait
alors embarrassante et que Françoise allait me
ramener. Ce message téléphonique de Françoise qui
m'avait transmis l'hommage obéissant d'Albertine
revenant avec elle, j'avais cru qu'il m'enorgueil-
lissait. Je m'étais trompé. S'il m'avait enivré,
c'est parce qu'il m'avait fait sentir que celle que
j'aimais était bien à moi, ne vivait bien que pour
moi, et même à distance, sans que j'eusse besoin
de m'occuper d'elle, me considérait comme son
époux et son maître, revenant sur un signe de
moi. Et ainsi ce message téléphonique avait été
une parcelle de douceur, venant de loin, émise
de ce quartier du Trocadéro, où il se trouvait y
avoir pour moi des sources de bonheur dirigeant
vers moi d'apaisantes molécules, des baumes
calmants me rendant enfin une si douce liberté
d'esprit que je n'avais plus eu, me livrant sans
la restriction d'un seul souci à la musique de
Wagner — qu'à attendre l'arrivée certaine d'Albertine, sans fièvre, avec un manque entier d'impatience où je n'avais pas su reconnaître le bonheur. Et ce bonheur qu'elle revînt, qu'elle m'obéît
et m'appartînt, la cause en était dans l'amour,
non dans l'orgueil. Il m'eût été bien égal maintenant d'avoir à mes ordres cinquante femmes
revenant sur un signe de moi, non pas du Trocadéro, mais des Indes. Mais ce jour-là, en sentant
Albertine qui, tandis que j'étais seul dans ma

chambre à faire de la musique, venait docilement
vers moi, j'avais respiré, disséminé comme un
poudroiement dans le soleil, une de ces substances
qui comme d'autres sont salutaires au corps, font
du bien à l'âme. Puis ç'avait été, une demi-heure
après, l'arrivée d'Albertine, puis la promenade
avec Albertine arrivée, promenade que j'avais
crue ennuyeuse parce qu'elle était pour moi
accompagnée de certitude, mais, à cause de cette
certitude même, qui avait, à partir du moment où
Françoise m'avait téléphoné qu'elle la ramenait,
coulé un calme d'or dans les heures qui avaient
suivi, en avait fait comme une deuxième journée
bien différente la première, parce qu'elle avait
un tout autre dessous moral, un dessous moral
qui en faisait une journée originale, qui venait
s'ajouter à la variété de celles que j'avais connues
jusque-là, journée que je n'eusse jamais pu imaginer — comme nous ne pourrions imaginer le
repos d'un jour d'été si de tels jours n'existaient
pas dans la série de ceux que nous avons vécus,
— journée dont je ne pouvais pas dire absolument
que je me la rappelais, car à ce calme s'ajoutait
maintenant une souffrance que je n'avais pas
ressentie alors. Mais bien plus tard, quand je
traversai peu à peu, en sens inverse, les temps
par lesquels j'avais passé avant d'aimer tant
Albertine, quand mon cœur cicatrisé put se
séparer sans souffrance d'Albertine morte, alors
je pus me rappeler enfin sans souffrance ce jour
où Albertine avait été faire des courses avec

Françoise au lieu de rester au Trocadéro ; je me
rappelai avec plaisir ce jour comme appartenant
à une saison morale que je n'avais pas connue
jusqu'alors ; je me le rappelai enfin exactement
sans plus y ajouter de souffrance et au contraire
comme on se rappelle certains jours d'été qu'on
a trouvés trop chauds quand on les a vécus, et
dont, après coup surtout, on extrait le titre sans
alliage d'or fin et d'indestructible azur.

De sorte que ces quelques années n'imposaient
pas seulement au souvenir d'Albertine, qui les
rendait si douloureuses, la couleur successive, les
modalités différentes de leurs saisons ou de leurs
heures, des fins d'après-midi de juin aux soirs
d'hiver, des clairs de lune sur la mer à l'aube en
rentrant à la maison, de la neige de Paris aux
feuilles mortes de Saint-Cloud, mais encore de
l'idée particulière que je me faisais successivement
d'Albertine, de l'aspect physique sous lequel je
me la représentais à chacun de ces moments, de
la fréquence plus ou moins grande avec laquelle
je la voyais cette saison-là, laquelle s'en trouvait
comme plus dispersée ou plus compacte, des
anxiétés qu'elle avait pu m'y causer par l'attente,
du désir que j'avais à tel moment pour elle,
d'espoirs formés, puis perdus ; tout cela modi-
fiait le caractère de ma tristesse rétrospective
tout autant que les impressions de lumière ou de
parfums qui lui étaient associées et complétait
chacune des années solaires que j'avais vécues,
— et qui, rien qu'avec leurs printemps, leurs

arbres, leurs brises, étaient déjà si tristes à cause
du souvenir inséparable d'elle — en la doublant
d'une sorte d'année sentimentale où les heures
n'étaient pas définies par la position du soleil,
mais par l'attente d'un rendez-vous, où la lon-
gueur des jours, où les progrès de la température,
étaient mesurés par l'essor de mes espérances,
le progrès de notre intimité, la transformation
progressive de son visage, les voyages qu'elle avait
faits, la fréquence et le style des lettres qu'elle
m'avait adressées pendant une absence, sa préci-
pitation plus ou moins grande à me voir au retour.
Et enfin, ces changements de temps, ces jours
différents, s'ils me rendaient chacun une autre
Albertine, ce n'était pas seulement par l'évocation
des moments semblables. Mais l'on se rappelle
que toujours, avant même que j'aimasse, chacune
avait fait de moi un homme différent, ayant
d'autres désirs parce qu'il avait d'autres perceptions et qui, de n'avoir rêvé que tempêtes et
falaises la veille, si le jour indiscret du printemps
avait glissé une odeur de roses dans la clôture
mal jointe de son sommeil entrebâillé, s'éveillait
en partance pour l'Italie. Même dans mon amour
l'état changeant de mon atmosphère morale, la
pression modifiée de mes croyances n'avaient-ils
pas tel jour diminué la visibilité de mon propre
amour, ne l'avaient-ils pas tel jour indéfiniment
étendue, tel jour embellie jusqu'au sourire, tel
jour contractée jusqu'à l'orage ? On n'est que
par ce qu'on possède, on ne possède que ce qui

vous est réellement présent, et tant de nos souvenirs, de nos humeurs, de nos idées partent faire
des voyages loin de nous-même, où nous les
perdons de vue ! Alors nous ne pouvons plus les
faire entrer en ligne de compte dè ce total qui
est notre être. Mais ils ont des chemins secrets
pour rentrer en nous. Et certains soirs m'étant
endormi sans presque plus regretter Albertine
— on ne peut regretter que ce qu'on se rappelle
— au réveil je trouvais toute une flotte de souvenirs qui étaient venus croiser en moi dans ma
plus claire conscience, et que je distinguais à
merveille. Alors je pleurais ce que je voyais si
bien et qui, la veille, n'était pour moi que néant.
Puis brusquement, le nom d'Albertine, sa mort
avaient changé de sens ; ses trahisons avaient
soudain repris toute leur importance.

Comment m'avait-elle paru morte quand maintenant pour penser à elle je n'avais à ma disposition que les mêmes images dont quand elle
était vivante je revoyais l'une ou l'autre : rapide
et penchée sur la roue mythologique de sa bicyclette, sanglée les jours de pluie sous la tunique
guerrière de caoutchouc qui faisait bomber ses
seins, la tête enturbannée et coiffée de serpents,
elle semait la terreur dans les rues de Balbec ;
les soirs où nous avions emporté du champagne
dans les bois de Chantepie, la voix provocante
et changée, elle avait au visage cette chaleur
blême rougissant seulement aux pommettes que,
la distinguant mal dans l'obscurité de la voiture,

j'approchais du clair de lune pour la mieux voir
et que j'essayais maintenant en vain de me rappeler, de revoir dans une obscurité qui ne finirait
plus. Petite statuette dans la promenade vers
l'île, calme figure grosse à gros grains près du
pianola, elle était ainsi tour à tour pluvieuse et
rapide, provocante et diaphane, immobile et souriante, ange de la musique. Chacune était ainsi
attachée à un moment, à la date duquel je me
trouvais replacé quand je la revoyais. Et les
moments du passé ne sont pas immobiles ; ils
gardent dans notre mémoire le mouvement qui
les entraînait vers l'avenir, vers un avenir devenu
lui-même le passé, — nous y entraînant nous-
même. Jamais je n'avais caressé l'Albertine
encaoutchoutée des jours de pluie, je voulais lui
demander d'ôter cette armure, ce serait connaître
avec elle l'amour des camps, la fraternité du voyage.
Mais ce n'était plus possible, elle était morte.
Jamais non plus, par peur de la dépraver, je
n'avais fait semblant de comprendre, les soirs
où elle semblait m'offrir des plaisirs que sans
cela elle n'eût peut-être pas demandés à d'autres
et qui excitaient maintenant en moi un désir
furieux. Je ne les aurais pas éprouvés semblables
auprès d'une autre, mais celle qui me les aurait
donnés, je pouvais courir le monde sans la rencontrer puisqu' Albertine était morte. Il semblait
que je dusse choisir entre deux faits, décider quel
était le vrai, tant celui de la mort d'Albertine,
— venu pour moi d'une réalité que je n'avais pas

connue : sa vie en Touraine, — était en contradiction avec toutes mes pensées relatives à Albertine, mes désirs, mes regrets, mon attendrissement, ma fureur, ma jalousie. Une telle richesse de souvenirs empruntés au répertoire de sa vie, une telle profusion de sentiments évoquant, impliquant sa vie, semblaient rendre incroyable qu'Albertine fût morte. — Une telle profusion de sentiments, car ma mémoire, en conservant ma tendresse, lui laissait toute sa variété. Ce n'était pas Albertine seule qui n'était qu'une succession de moments, c'était aussi moi-même. Mon amour pour elle n'avait pas été simple : à la curiosité de l'inconnu s'était ajouté un désir sensuel et à un sentiment d'une douceur presque familiale, tantôt l'indifférence, tantôt une fureur jalouse. Je n'étais pas un seul homme, mais le défilé heure par heure d'une armée compacte où il y avait selon le moment des passionnés, des indifférents, des jaloux, — des jaloux dont pas un n'était jaloux de la même femme. Et sans doute ce serait de là qu'un jour viendrait la guérison que je ne souhaiterais pas. Dans une foule, ces éléments peuvent, un par un, sans qu'on s'en aperçoive être remplacés par d'autres, que d'autres encore éliminent ou renforcent, si bien qu'à la fin un changement s'est accompli qui ne se pourrait concevoir si l'on était un. La complexité de mon amour, de ma personne, multipliait, diversifiait mes souffrances. Pourtant elles pouvaient se ranger toujours sous les **deux** groupes dont l'alternative avait fait toute

la vie de mon amour pour Albertine, tour à
tour livré à la confiance et au soupçon jaloux.

Si j'avais peine à penser qu'Albertine si vivante
en moi, (portant comme je faisais le double harnais
du présent et du passé), était morte, peut-être
était-il aussi contradictoire que ce soupçon de
fautes dont Albertine aujourd'hui dépouillée de
la chair qui en avait joui, de l'âme qui avait pu
les désirer, n'était plus capable, ni responsable,
excitât en moi une telle souffrance, que j'aurais
seulement bénie, si j'avais pu y voir le gage de
la réalité morale d'une personne matériellement
inexistante, au lieu du reflet destiné à s'éteindre
lui-même d'impressions qu'elle m'avait autrefois
causées. Une femme qui ne pouvait plus éprouver
de plaisirs avec d'autres n'aurait plus dû exciter
ma jalousie, si seulement ma tendresse avait pu
se mettre à jour. Mais c'est ce qui était impossible
puisque elle ne pouvait trouver son objet, Albertine, que dans des souvenirs où celle-ci était
vivante. Puisque rien qu'en pensant à elle, je
la ressuscitais, ses trahisons ne pouvaient jamais
être celles d'une morte ; — l'instant où elle les
avait commises devenant l'instant actuel, non
pas seulement pour Albertine, mais pour celui de
mes moi subitement évoqué, qui la contemplait.
De sorte qu'aucun anachronisme ne pouvait
jamais séparer le couple indissoluble, où, à chaque
coupable nouvelle, s'appariait aussitôt un jaloux
lamentable et toujours contemporain. Je l'avais,
les derniers mois, tenue enfermée dans ma maison.

Mais dans mon imagination maintenant, Albertine était libre, elle usait mal de cette liberté, elle se prostituait aux unes, aux autres. Jadis je songeais sans cesse à l'avenir incertain qui était déployé devant nous, j'essayais d'y lire. Et maintenant ce qui était en avant de moi, comme un double de l'avenir — aussi préoccupant qu'un avenir puisqu'il était aussi incertain, aussi difficile à déchiffrer, aussi mystérieux, plus cruel encore parce que je n'avais pas comme pour l'avenir la possibilité ou l'illusion d'agir sur lui et aussi parce qu'il se déroulait aussi loin que ma vie elle-même, sans que ma compagne fût là pour calmer les souffrances qu'il me causait, — ce n'était plus l'Avenir d'Albertine, c'était son Passé. Son Passé ? C'est mal dire puisque pour la jalousie il n'est ni passé ni avenir et que ce qu'elle imagine est toujours le présent.

Les changements de l'atmosphère en provoquent d'autres dans l'homme intérieur, réveillent des moi oubliés, contrarient l'assoupissement de l'habitude, redonnent de la force à tels souvenirs, à telles souffrances. Combien plus encore pour moi si ce temps nouveau qu'il faisait me rappelait celui par lequel Albertine, à Balbec. sous la pluie menaçante, par exemple, était allée faire, Dieu sait pourquoi, de grandes promenades, dans le maillot collant de son caoutchouc. Si elle avait vécu, sans doute aujourd'hui, par ce temps si semblable, partirait-elle faire en Touraine une excursion analogue. Puisque elle ne le pouvait plus, je n'aurais pas dû souffrir de cette idée ; mais comme aux amputés, le moindre changement de temps renouvelait mes douleurs dans le membre qui n'existait plus.

Tout d'un coup c'était un souvenir que je n'avais pas revu depuis bien longtemps — car il était resté dissous dans la fluide et invisible étendue de ma mémoire — qui se cristallisait. Ainsi il y avait plusieurs années, comme on parlait de son peignoir de douche, Albertine avait rougi. A cette époque-là je n'étais pas jaloux d'elle. Mais depuis, j'avais voulu lui demander si elle pouvait se rappeler cette conversation et me dire pourquoi elle avait rougi. Cela m'avait d'autant plus préoccupé qu'on m'avait dit que les deux jeunes filles amies de Léa allaient dans cet établissement balnéaire de l'hôtel et, disait-on, pas seulement pour prendre des douches. Mais par peur de fâcher Albertine ou attendant une époque meilleure, j'avais toujours remis de lui en parler, puis je n'y avais plus pensé. Et tout d'un coup, quelque temps après la mort d'Albertine, j'aperçus ce souvenir, empreint de ce caractère à la fois irritant et solennel qu'ont les énigmes laissées à jamais insolubles par la mort du seul être qui eût pu les éclaircir. Ne pourrais-je pas du moins tâcher de savoir si Albertine n'avait jamais rien fait de mal dans cet établissement de douches. En envoyant quelqu'un à Balbec j'y arriverais peut-être. Elle vivante, je n'eusse sans doute pu rien apprendre. Mais les langues se délient étrangement et racontent facilement une faute quand on n'a plus à craindre la rancune de la coupable. Comme la constitution de l'imagination, restée rudimentaire, simpliste (n'ayant pas passé par les innombrables transformations qui remédient aux modèles primitifs des inventions humaines, à peine reconnaissables, qu'il s'agisse de baromètre, de ballon, de téléphone, etc. dans leurs perfectionnements ultérieurs) ne nous permet de voir que fort peu de choses à la fois, le souvenir de l'établissement de douches occupait tout le champ de ma vision intérieure.

Parfois je me heurtais dans les rues obscures du sommeil à un de ces mauvais rêves, qui ne sont pas bien graves pour une première raison, c'est que la tristesse qu'ils engendrent ne se prolonge guère qu'une heure après le réveil, pareille à ces malaises que cause une manière d'endormir artificielle. Pour une autre raison aussi, c'est qu'on ne les rencontre que très rarement, à peine tous les deux ou trois ans. Encore reste-t-il incertain qu'on les ait déjà rencontrés et qu'ils n'aient pas plutôt cet aspect de ne pas être vus pour la première fois que projette sur eux une illusion, une subdivision (car dédoublement ne serait pas assez dire).

Sans doute puisque j'avais des doutes sur la vie, sur la mort d'Albertine, j'aurais dû depuis bien longtemps me livrer à des enquêtes, mais la même fatigue, la même lâcheté qui m'avaient fait me soumettre à Albertine quand elle était là, m'empêchait de rien entreprendre depuis que je ne la voyais plus. Et pourtant de la faiblesse traînée pendant des années, un éclair d'énergie surgit parfois. Je me décidai à cette enquête au moins toute naturelle. On eût dit qu'il n'y eût rien eu d'autre dans toute la vie d'Albertine. Je me demandais qui je pourrais bien envoyer tenter une enquête sur place, à Balbec. Aimé me parut bien choisi. Outre qu'il connaissait admirablement les lieux, il appartenait à cette catégorie de gens du peuple soucieux de leur intérêt, fidèles à ceux qu'ils servent, indifférents à toute espèce de morale et dont — parce que, si nous les payons bien, dans leur obéissance à notre volonté, ils suppriment tout ce qui l'entraverait d'une manière ou de l'autre, se montrant aussi incapables d'indiscrétion, de mollesse ou d'improbité que dépourvus de scrupules, — nous disons : « Ce sont de braves gens. » En ceux-là nous pouvons avoir une confiance absolue. Quand Aimé fut parti, je pensai combien il eût mieux valu que ce qu'il allait essayer d'apprendre là-bas, je pusse le demander maintenant à Albertine elle-même. Et aussitôt l'idée de cette question que j'aurais voulu, qu'il me semblait que j'allais lui poser, ayant amené Albertine à mon côté, — non grâce à un effort de résurrection mais comme par le hasard d'une de ces rencontres qui, comme cela se passe dans les photographies qui ne sont pas « posées », dans les instantanés, laissent toujours la personne plus vivante, — en même

123

temps que j'imaginais notre conversation, j'en sentais l'impossibilité; je venais d'aborder par une nouvelle face cette idée qu'Albertine était morte, Albertine qui m'inspirait cette tendresse qu'on a pour les absentes dont la vue ne vient pas rectifier l'image embellie, inspirant aussi la tristesse que cette absence fût éternelle et que la pauvre petite fût privée à jamais de la douceur de la vie. Et aussitôt par un brusque déplacement, de la torture de la jalousie je passais au désespoir de la séparation.

Ce qui remplissait mon cœur maintenant était, au lieu de haineux soupçons, le souvenir attendri des heures de tendresse confiante passées avec la sœur que la mort m'avait réellement fait perdre, puisque mon chagrin se rapportait, non à ce qu'Albertine avait été pour moi, mais à ce que mon cœur désireux de participer aux émotions les plus générales de l'amour m'avait peu à peu persuadé qu'elle était; alors je me rendais compte que cette vie qui m'avait tant ennuyé, — du moins je le croyais, — avait été au contraire délicieuse; aux moindres moments passés à parler avec elle de choses même insignifiantes, je sentais maintenant qu'était ajoutée, amalgamée une volupté qui alors n'avait — il est vrai — pas été perçue par moi, mais qui était déjà cause que ces moments-là je les avais toujours si persévéremment recherchés à l'exclusion de tout le reste; les moindres incidents que je me rappelais, un mouvement qu'elle avait fait en voi-

ture auprès de moi, ou pour s'asseoir en face
de moi dans sa chambre, propageaient dans
mon âme un remous de douceur et de tristesse
qui de proche en proche la gagnait tout entière.

Cette chambre où nous dînions ne m'avait
jamais paru jolie, je disais seulement qu'elle
l'était à Albertine pour que mon amie fût contente d'y vivre. Maintenant les rideaux, les
sièges, les livres avaient cessé de m'être indifférents. L'art n'est pas seul à mettre du charme et
du mystère dans les choses les plus insignifiantes ;
ce même pouvoir de les mettre en rapport intime
avec nous est dévolu aussi à la douleur. Au
moment même je n'avais prêté aucune attention
à ce dîner que nous avions fait ensemble au
retour du bois, avant que j'allasse chez les Verdurin, et vers la beauté, la grave douceur duquel
je tournais maintenant des yeux pleins de larmes.
Une impression de l'amour est hors de proportion
avec les autres impressions de la vie, mais ce
n'est pas perdue au milieu d'elles qu'on peut
s'en rendre compte. Ce n'est pas d'en bas, dans
le tumulte de la rue et la cohue des maisons
avoisinantes, c'est quand on s'est éloigné que
des pentes d'un coteau voisin, à une distance où
toute la ville a disparu, ou ne forme plus au ras
de terre qu'un amas confus, qu'on peut dans le
recueillement de la solitude et du soir, évaluer,
unique, persistante et pure, la hauteur d'une
cathédrale. Je tâchais d'embrasser l'image d'Albertine à travers mes larmes en pensant à toutes

les choses sérieuses et justes qu'elle avait dites ce soir-là.

Un matin je crus voir la forme oblongue d'une colline dans le brouillard, sentir la chaleur d'une tasse de chocolat, pendant que m'étreignait horriblement le cœur ce souvenir de l'après-midi où Albertine était venue me voir et où je l'avais embrassée pour la première fois : c'est que je venais d'entendre le hoquet du calorifère à eau qu'on venait de rallumer. Et je jetai avec colère une invitation que Françoise apporta de Mme Verdurin ; combien l'impression que j'avais eue en allant dîner pour la première fois à la Raspelière, que la mort ne frappe pas tous les êtres au même âge, s'imposait à moi avec plus de force maintenant qu'Albertine était morte, si jeune, et que Brichot continuait à dîner chez Mme Verdurin qui recevait toujours et recevrait peut-être pendant beaucoup d'années encore. Aussitôt ce nom de Brichot me rappela la fin de cette même soirée où il m'avait reconduit, où j'avais vu d'en bas la lumière de la lampe d'Albertine. J'y avais déjà repensé d'autres fois, mais je n'avais pas abordé le souvenir par le même côté. Alors en pensant au vide que je trouverais maintenant en rentrant chez moi, que je ne verrais plus d'en bas la chambre d'Albertine d'où la lumière s'était éteinte à jamais, je compris combien ce soir où en quittant Brichot, j'avais cru éprouver de l'ennui, du regret de ne pas pouvoir aller me promener et faire l'amour ailleurs, je compris

combien je m'étais trompé et que c'était seulement parce que le trésor dont les reflets venaient
d'en haut jusqu'à moi, je m'en croyais la possession entièrement assurée, que j'avais négligé d'en
calculer la valeur, ce qui faisait qu'il me paraissait
forcément inférieur à des plaisirs, si petits qu'ils
fussent, mais que, cherchant à les imaginer,
j'évaluais. Je compris combien cette lumière qui
me semblait venir d'une prison contenait pour
moi de plénitude, de vie et de douceur, et qui
n'était que la réalisation de ce qui m'avait un
instant enivré, puis paru à jamais impossible :
je comprenais que cette vie que j'avais menée à
Paris dans un chez moi qui était son chez elle,
c'était justement la réalisation de cette paix profonde que j'avais rêvée le soir où Albertine avait
couché sous le même toit que moi, à Balbec.
La conversation que j'avais eue avec Albertine
en rentrant du Bois avant cette dernière soirée
Verdurin, je ne me fusse pas consolé qu'elle
n'eût pas eu lieu, cette conversation qui avait
un peu mêlé Albertine à la vie de mon intelligence et en certaines parcelles nous avait faits
identiques l'un à l'autre. Car sans doute son
intelligence, sa gentillesse pour moi si j'y revenais
avec attendrissement ce n'est pas qu'elles eussent
été plus grandes que celles d'autres personnes que
j'avais connues. Madame de Cambremer ne
m'avait-elle pas dit à Balbec : « Comment ! vous
pourriez passer vos journées avec Elstir qui est
un homme de génie et vous les passez avec votre

cousine ! » L'intelligence d'Albertine me plaisait parce que, par association, elle éveillait en moi ce que j'appelais sa douceur comme nous appelons douceur d'un fruit une certaine sensation qui n'est que dans notre palais. Et de fait, quand je pensais à l'intelligence d'Albertine, mes lèvres s'avançaient instinctivement et goûtaient un souvenir dont j'aimais mieux que la réalité me fût extérieure et consistât dans la supériorité objective d'un être. Il reste certain que j'avais connu des personnes d'intelligence plus grande. Mais l'infini de l'amour, ou son égoïsme, fait que les êtres que nous aimons sont ceux dont la physionomie intellectuelle et morale est pour nous le moins objectivement définie, nous les retouchons sans cesse au gré de nos désirs et de nos craintes, nous ne les séparons pas de nous, ils ne sont qu'un lieu immense et vague où s'extériorisent nos tendresses. Nous n'avons pas de notre propre corps, où affluent perpétuellement tant de malaises et de plaisirs, une silhouette aussi nette que celle d'un arbre ou d'une maison, ou d'un passant. Et ç'avait peut-être été mon tort de ne pas chercher davantage à connaître Albertine en elle-même. De même qu'au point de vue de son charme, je n'avais longtemps considéré que les positions différentes qu'elle occupait dans mon souvenir dans le plan des années, et que j'avais été surpris de voir qu'elle s'était spontanément enrichie de modifications qui ne tenaient pas qu'à la différence des perspectives, de même j'aurais dû

128

chercher à comprendre son caractère comme celui
d'une personne quelconque et peut-être m'expliquant alors pourquoi elle s'obstinait à me cacher
son secret, j'aurais évité de prolonger, entre nous,
avec cet acharnement étrange ce conflit qui avait
amené la mort d'Albertine. Et j'avais alors avec
une grande pitié d'elle, la honte de lui survivre.
Il me semblait en effet, dans les heures où je
souffrais le moins, que je bénéficiais en quelque
sorte de sa mort, car une femme est d'une plus
grande utilité pour notre vie si elle y est, au lieu
d'un élément de bonheur, un instrument de chagrin, et il n'y en a pas une seule dont la possession
soit aussi précieuse que celle des vérités qu'elle
nous découvre en nous faisant souffrir. Dans ces
moments-là, rapprochant la mort de ma grand'-
mère et celle d'Albertine, il me semblait que ma
vie était souillée d'un double assassinat que seule
la lâcheté du monde pouvait me pardonner.
J'avais rêvé d'être compris d'Albertine, de ne
pas être méconnu par elle, croyant que c'était
pour le grand bonheur d'être compris, de ne pas
être méconnu, alors que tant d'autres eussent
mieux pu le faire. On désire être compris, parce
qu'on désire être aimé, et on désire être aimé parce
qu'on aime. La compréhension des autres est
indifférente et leur amour importun. Ma joie
d'avoir possédé un peu de l'intelligence d'Albertine et de son cœur ne venait pas de leur valeur
intrinsèque, mais de ce que cette possession était
un degré de plus dans la possession totale d'Alber-

tine, possession qui avait été mon but et ma chimère, depuis le premier jour où je l'avais vue. Quand nous parlons de la « gentillesse » d'une femme nous ne faisons peut-être que projeter hors de nous le plaisir que nous éprouvons à la voir, comme les enfants quand ils disent « Mon cher petit lit, mon cher petit oreiller, mes chères petites aubépines ». Ce qui explique par ailleurs que les hommes ne disent jamais d'une femme qui ne les trompe pas : « Elle est si gentille » et le disent si souvent d'une femme par qui ils sont trompés. Mme de Cambremer trouvait avec raison que le charme spirituel d'Elstir était plus grand. Mais nous ne pouvons pas juger de la même façon celui d'une personne qui est, comme toutes les autres, extérieure à nous, peinte à l'horizon de notre pensée, et celui d'une personne qui par suite d'une erreur de localisation consécutive à certains accidents mais tenace, s'est logée dans notre propre corps au point que de nous demander rétrospectivement si elle n'a pas regardé une femme un certain jour dans le couloir d'un petit chemin de fer maritime nous fait éprouver les mêmes souffrances qu'un chirurgien qui chercherait une balle dans notre cœur. Un simple croissant, mais que nous mangeons, nous fait éprouver plus de plaisir que tous les ortolans, lapereaux et barbavelles qui furent servis à Louis XV et la pointe de l'herbe qui à quelques centimètres frémit devant notre œil, tandis que nous sommes couchés sur la montagne, peut nous cacher la

vertigineuse aiguille d'un sommet, si celui-ci est
distant de plusieurs lieues.

D'ailleurs notre tort n'est pas de priser l'intelligence, la gentillesse d'une femme que nous
aimons, si petites que soient celles-ci. Notre tort
est de rester indifférent à la gentillesse, à l'intelligence des autres. Le mensonge ne recommence
à nous causer l'indignation, et la bonté la recon-
naissance qu'ils devraient toujours exciter en
nous, que s'ils viennent d'une femme que nous
aimons et le désir physique a ce merveilleux pouvoir de rendre son prix à l'intelligence et des
bases solides à la vie morale. Jamais je ne retrou-
verais cette chose divine, un être avec qui je pusse
causer de tout, à qui je pusse me confier. Me
confier ? Mais d'autres êtres ne me montraient-ils
pas plus de confiance qu'Albertine ? Avec d'autres
n'avais-je pas des causeries plus étendues ? C'est
que la confiance, la conversation, choses médiocres,
qu'importe qu'elles soient plus ou moins impar-
faites, si s'y mêle seulement l'amour, qui seul est
divin. Je revoyais Albertine s'asseyant à son
pianola, rose sous ses cheveux noirs, je sentais,
sur mes lèvres qu'elle essayait d'écarter, sa langue,
sa langue maternelle, incomestible, nourricière et
sainte dont la flamme et la rosée secrètes faisaient
que même quand Albertine la faisait glisser à la
surface de mon cou, de mon ventre, ces caresses
superficielles mais en quelque sorte faites par
l'intérieur de sa chair, extériorisé comme une
étoffe qui montrerait sa doublure, prenaient même

dans les attouchements les plus externes, comme
la mystérieuse douceur d'une pénétration.

Tous ces instants si doux que rien ne me rendrait jamais, je ne peux même pas dire que ce
que me faisait éprouver leur perte fût du désespoir.
Pour être désespéré, cette vie qui ne pourra plus
être que malheureuse, il faut encore y tenir.
J'étais désespéré à Balbec quand j'avais vu se
lever le jour et que j'avais compris que plus un
seul ne pourrait être heureux pour moi. J'étais
resté aussi égoïste depuis lors, mais le moi auquel
j'étais attaché maintenant, le moi qui constituait
ces vives réserves que mettait en jeu l'instinct de
conservation, ce moi n'était plus dans la vie ;
quand je pensais à mes forces, à ma puissance
vitale, à ce que j'avais de meilleur, je pensais à
certain trésor que j'avais possédé (que j'avais
été seul à posséder puisque les autres ne pouvaient
connaître exactement le sentiment, caché en moi,
qu'il m'avait inspiré) et que personne ne pouvait
plus m'enlever puisque je ne le possédais plus.

Et à vrai dire, je ne l'avais jamais possédé que
parce que j'avais voulu me figurer que je le possédais. Je n'avais pas commis seulement l'imprudence en regardant Albertine et en la logeant
dans mon cœur de la faire vivre au-dedans de
moi, ni cette autre imprudence de mêler un
amour familial au plaisir des sens. J'avais
voulu aussi me persuader que nos rapports étaient
l'amour, que nous pratiquions mutuellement les
rapports appelés amour, parce qu'elle me ren

dait docilement les baisers que je lui donnais, et pour avoir pris l'habitude de le croire, je n'avais pas perdu seulement une femme que j'aimais mais une femme qui m'aimait, ma sœur, mon enfant, ma tendre maîtresse. Et en somme, j'avais eu un bonheur et un malheur que Swann n'avait pas connus, car justement tout le temps qu'il avait aimé Odette et en avait été si jaloux, il l'avait à peine vue, pouvant si difficilement, à certains jours où elle le décommandait au dernier moment, aller chez elle. Mais après il l'avait eue à lui, devenue sa femme, et jusqu'à ce qu'il mourût. Moi au contraire tandis que j'étais si jaloux d'Albertine, plus heureux que Swann, je l'avais eue chez moi. J'avais réalisé en vérité ce que Swann avait rêvé si souvent et qu'il n'avait réalisé matériellement que quand cela lui était indifférent. Mais enfin Albertine, je ne l'avais pas gardée comme il avait gardé Odette. Elle s'était enfuie, elle était morte. Car jamais rien ne se répète exactement et les existences les plus analogues et que, grâce à la parenté des caractères et à la similitude des circonstances, on peut choisir pour les présenter comme symétriques l'une à l'autre restent en bien des points opposées.

En perdant la vie je n'aurais pas perdu grand chose ; je n'aurais plus perdu qu'une forme vide, le cadre vide d'un chef-d'œuvre. Indifférent à ce que je pouvais désormais y faire entrer, mais heureux et fier de penser à ce qu'il avait contenu, je m'appuyais au souvenir de ces heures si douces et ce soutien moral me communiquait un bien-être que l'approche même de la mort n'aurait pas rompu.

Comme elle accourait vite me voir à Balbec quand je la faisais chercher, se retardant seulement à verser de l'odeur dans ses cheveux pour me plaire. Ces images de Balbec et de Paris que j'aimais ainsi à revoir c'étaient les pages encore si récentes, et si vite tournées, de sa courte vie. Tout cela qui n'était pour moi que souvenir avait été pour elle action, action précipitée comme celle d'une tragédie vers une mort rapide. Les êtres ont un développement en nous, mais un autre hors de nous (je l'avais bien senti dans ces soirs où je remarquais en Albertine un enrichissement de qualités qui ne tenait pas qu'à ma mémoire) et qui ne laissent pas d'avoir des réactions l'un sur l'autre. J'avais eu beau, en cherchant à connaître Albertine, puis à la posséder tout entière, n'obéir qu'au besoin de réduire par l'expérience à des éléments mesquinement semblables à ceux de notre moi le mystère de tout être, je ne l'avais pu sans influer à mon tour sur la vie d'Albertine. Peut-être ma fortune, les perspectives d'un brillant mariage l'avaient attirée, ma jalousie l'avait retenue, sa bonté ou son intelligence, ou le sentiment de sa culpabilité, ou les adresses de sa ruse, lui avaient fait accepter, et m'avaient amené à rendre de plus en plus dure une captivité forgée simplement par le dévelop-

pement interne de mon travail mental, mais qui
n'en avait pas moins eu sur la vie d'Albertine
des contre-coups, destinés eux-mêmes à poser, par
choc en retour, des problèmes nouveaux et de
plus en plus douloureux à ma psychologie, puisque
de ma prison elle s'était évadée, pour aller se
tuer sur un cheval que sans moi elle n'eût pas
possédé, en me laissant, même morte, des soupçons dont la vérification, si elle devait venir, me
serait peut-être plus cruelle que la découverte
à Balbec qu'Albertine avait connu Mlle Vinteuil,
puisque Albertine ne serait plus là pour m'apaiser.
Si bien que cette longue plainte de l'âme qui croit
vivre enfermée en elle-même n'est un monologue
qu'en apparence, puisque les échos de la réalité
la font dévier et que telle vie est comme un essai
de psychologie subjective spontanément pour-
suivi, mais qui fournit à quelque distance son
« action » au roman purement réaliste d'une autre
réalité, d'une autre existence, dont à leur tour
les péripéties viennent infléchir la courbe et
changer la direction de l'essai psychologique.
Comme l'engrenage avait été serré, comme l'évo-
lution de notre amour avait été rapide et, malgré
quelques retardements, interruptions et hésitations du début, comme dans certaines nouvelles
de Balzac ou quelques ballades de Schumann, le
dénouement précipité ! C'est dans le cours de
cette dernière année, longue pour moi comme
un siècle, tant Albertine avait changé de positions
par rapport à ma pensée depuis Balbec jusqu'à

135

son départ de Paris, et aussi indépendamment de moi et souvent à mon insu, changé en elle-même, qu'il fallait placer toute cette bonne vie de tendresse qui avait si peu duré et qui pourtant m'apparaissait avec une plénitude, presque une immensité, à jamais impossible et pourtant qui m'était indispensable. Indispensable sans avoir peut-être été en soi et tout d'abord quelque chose de nécessaire, puisque je n'aurais pas connu Albertine si je n'avais pas lu dans un traité d'archéologie la description de l'église de Balbec, si Swann, en me disant que cette église était presque persane, n'avait pas orienté mes désirs vers le normand byzantin, si une société de Palaces, en construisant à Balbec un hôtel hygiénique et confortable, n'avait pas décidé mes parents à exaucer mon souhait et à m'envoyer à Balbec. Certes, en ce Balbec depuis si longtemps désiré, je n'avais pas trouvé l'église persane que je rêvais ni les brouillards éternels. Le beau train d'une heure trente-cinq lui-même n'avait pas répondu à ce que je m'en figurais. Mais en échange de ce que l'imagination laisse attendre et que nous nous donnons inutilement tant de peine pour essayer de découvrir, la vie nous donne quelque chose que nous étions bien loin d'imaginer. Qui m'eût dit à Combray, quand j'attendais le bonsoir de ma mère avec tant de tristesse, que ces anxiétés guériraient, puis renaîtraient un jour, non pour ma mère, mais pour une jeune fille qui ne serait d'abord, sur l'horizon de la mer, qu'une fleur que mes yeux seraient chaque jour sollicités de venir regarder, mais une fleur pensante et dans l'esprit de qui je souhaiterais si puérilement de tenir une grande place, que je souffrirais qu'elle ignorât que je connaissais Mme de Villeparisis. Oui, c'est le bonsoir, le baiser d'une telle étrangère pour lequel, au bout de quelques années, je devais souffrir autant qu'enfant quand ma mère ne devait pas venir me voir. Or cette Albertine si nécessaire, de l'amour de qui mon âme était maintenant presque uniquement composée, si Swann ne m'avait pas parlé de Balbec, je ne l'aurais jamais connue. Sa vie eût peut-être été plus longue, la mienne aurait été dépourvue de ce qui en faisait maintenant le martyre. Et aussi il me semblait que, par ma tendresse uniquement égoïste, j'avais laissé mourir Albertine comme j'avais assassiné ma grand'mère. Même plus tard, même l'ayant déjà connue à Balbec, j'aurais pu ne pas l'aimer comme je fis ensuite. Quand je renonçais à Gilberte et savais que je pourrais aimer un jour une autre femme, j'osais à peine avoir un doute si en tous cas pour le passé je n'eusse pu aimer que Gilberte. Or pour Albertine je n'avais même plus de doute, j'étais sûr que ç'aurait pu ne pas être elle que j'eusse aimée, que c'eût pu être une autre. Il eût suffi pour cela que Mlle de Stermaria, le soir où je devais dîner avec elle dans l'île du Bois, ne se fût pas décommandée. Il était encore temps alors, et c'eût été pour Mlle de Stermaria que se fût exercée cette activité de l'imagination qui nous fait extraire d'une femme une telle notion de l'individuel, qu'elle nous paraît unique en soi et pour nous prédestinée et nécessaire. Tout au plus, en me plaçant à un point de vue presque physiologique, pouvais-je dire que j'aurais pu avoir ce même amour exclusif pour une autre femme, mais non pour toute autre femme. Car Albertine, grosse et brune, ne ressemblait pas à Gilberte, élancée et rousse, mais pourtant elles avaient la même étoffe de santé, et dans les mêmes joues sensuelles toutes les deux un regard dont on saisissait difficilement la signification. C'étaient de ces femmes que n'auraient pas regardées des hommes qui de leur côté auraient fait des folies pour d'autres qui « ne me disaient rien ». Je pouvais presque croire que la personnalité sensuelle et volontaire de Gilberte avait émigré dans le corps d'Albertine, un peu différent, il est vrai, mais présentant, maintenant que j'y réfléchissais après coup, des analogies profondes. Un homme a presque toujours la même manière de s'enrhumer, de tomber malade, c'est-à-dire qu'il lui faut pour cela un certain concours de circonstances ; il est naturel que quand il devient amoureux ce soit à propos d'un certain genre de femmes, genre d'ailleurs très étendu. Les deux premiers regards d'Albertine qui m'avaient fait rêver n'étaient pas absolument différents des premiers regards de Gilberte. Je pouvais presque croire que l'obscure personnalité, la sensualité, la nature volontaire et rusée de Gilberte étaient revenues me tenter, incarnées cette fois dans le corps d'Albertine, tout autre et non pourtant sans analogies. Pour Albertine, grâce à une vie toute différente ensemble et où n'avait pu se glisser, dans un bloc de pensées où une douloureuse préoccupation maintenait une cohésion permanente, aucune fissure de distraction et d'oubli, son corps vivant n'avait point comme celui de Gilberte cessé un jour d'être celui où je trouvais ce que je reconnaissais après coup être pour moi (et qui n'eût pas été pour d'autres) les attraits féminins. Mais elle était morte. Je l'oublierais. Qui sait si alors les mêmes qualités de sang riche, de rêverie inquiète ne reviendraient pas un jour jeter le trouble en moi, mais incarnées cette fois en quelle forme féminine, je ne pouvais le prévoir. A l'aide de Gilberte j'aurais pu aussi peu me figurer Albertine et que je l'aimerais, que le souvenir de la sonate de Vinteuil ne m'eût permis de me figurer son septuor. Bien plus, même les premières fois où j'avais vu Albertine, j'avais pu croire que c'était d'autres que j'aimerais. D'ailleurs elle eût même pu me paraître, si je l'avais connue une année plus tôt, aussi terne qu'un ciel gris où l'aurore n'est pas levée. Si j'avais changé à son égard, elle-même avait changé aussi, et la jeune fille qui était venue sur mon lit le jour où j'avais écrit à Mlle de Stermaria n'était plus la même que j'avais connue à Balbec, soit simple explosion de la femme qui apparaît au moment de la puberté, soit par suite de circonstances que je n'ai jamais pu connaître. En tous cas même si celle que j'aimerais un jour devait dans une certaine mesure lui ressembler, c'est-à-dire si mon choix d'une femme n'était pas entièrement libre, cela faisait tout de même que, dirigé d'une façon peut-être nécessaire, il l'était sur quelque chose de plus vaste qu'un individu, sur un genre de femmes, et cela ôtait toute nécessité à mon amour pour Albertine. La femme dont nous avons le visage devant nous plus constamment que la lumière elle-même, puisque, même les yeux fermés, nous ne cessons pas un instant de chérir ses beaux yeux, son beau nez, d'arranger tous les moyens pour les revoir, cette femme unique, nous savons bien que c'eût été une autre qui l'eût été pour nous si nous avions été dans une autre ville que celle où nous l'avons rencontrée, si nous nous étions promenés dans d'autres quartiers, si nous avions fréquenté un autre salon. Unique, croyons-nous, elle est innombrable. Et pourtant elle est compacte, indestructible devant nos yeux qui l'aiment, irremplaçable pendant très longtemps par une autre. C'est que cette femme n'a fait que susciter par des sortes d'appels magiques mille éléments de tendresse existant en nous à l'état fragmentaire et qu'elle a assemblés, unis, effaçant toute cassure entre eux, c'est nous-mêmes qui en lui donnant ses traits avons fourni toute la matière solide de la personne aimée. De là vient que même si nous ne sommes qu'un entre mille pour elle et peut-être le dernier de tous, pour nous, elle est la seule et celle vers qui tend toute notre vie. Certes même j'avais bien senti que cet amour n'était pas nécessaire non seulement parce qu'il eût pu se former avec Mlle de Stermaria, mais même sans cela en le connaissant lui-même, en le retrouvant trop pareil à ce qu'il avait été pour d'autres, et aussi en le sentant plus vaste qu'Albertine, l'enveloppant, ne la connaissant pas, comme une marée autour d'un mince brisant. Mais peu à peu à force de vivre avec Albertine, les chaînes que j'avais forgées moi-même, je ne pouvais plus m'en dégager, l'habitude d'associer la personne d'Albertine au sentiment qu'elle n'avait pas inspiré me faisait pourtant croire qu'il était spécial à elle, comme l'habitude donne à la simple association d'idées entre deux phénomènes, à ce que prétend une certaine école philosophique, la force, la nécessité illusoires d'une loi de causalité. J'avais cru que mes relations, ma fortune, me dispenseraient de souffrir, et peut-être trop efficacement puisque cela me semblait me dispenser de sentir, d'aimer, d'imaginer; j'enviais une pauvre fille de campagne à qui l'absence de relations, même de télégraphe, donne de longs mois de rêves après un chagrin qu'elle ne peut artificiellement endormir. Or je me rendais compte maintenant que si pour Mme de Guermantes comblée de tout ce qui pouvait rendre infinie la distance entre elle et moi, j'avais vu cette distance brusquement supprimée par l'opinion que les avantages sociaux ne

sont que matière inerte et transformable, d'une
façon semblable quoique inverse, mes relations,
ma fortune, tous les moyens matériels dont
tant ma situation que la civilisation de mon
époque me faisait profiter, n'avaient fait que
reculer l'échéance de la lutte corps à corps avec
la volonté contraire, inflexible d'Albertine sur
laquelle aucune pression n'avait agi. Sans doute
j'avais pu échanger des dépêches, des communi-
cations téléphoniques avec Saint-Loup, être en
rapports constants avec le bureau de Tours, mais
leur attente n'avait-elle pas été inutile, leur
résultat nul. Et les filles de la campagne, sans
avantages sociaux, sans relations, ou les humains
avant les perfectionnements de la civilisation ne
souffrent-ils pas moins, parce qu'on désire moins,
parce qu'on regrette moins ce qu'on a toujours
su inaccessible et qui est resté à cause de cela
comme irréel. On désire plus la personne qui va
se donner ; l'espérance anticipe la possession ; mais
le regret aussi est un amplificateur du désir.
Le refus de Mlle de Stermaria de venir dîner
à l'île du Bois est ce qui avait empêché que ce
fût elle que j'aimasse. Cela eût pu suffire aussi
à me la faire aimer, si ensuite je l'avais revue à
temps. Aussitôt que j'avais su qu'elle ne viendrait
pas, envisageant l'hypothèse invraisemblable —
et qui s'était réalisée — que peut-être quelqu'un
était jaloux d'elle et l'éloignait des autres, que
je ne la reverrais jamais, j'avais tant souffert
que j'aurais tout donné pour la voir, et c'est une

des plus grandes angoisses que j'eusse connues
que l'arrivée de Saint-Loup avait apaisée. Or à
partir d'un certain âge nos amours, nos maîtresses
sont filles de notre angoisse ; notre passé, et les
lésions physiques où il s'est inscrit, déterminent
notre avenir. Pour Albertine en particulier, qu'il
ne fût pas nécessaire que ce fût elle que j'aimasse,
était, même sans ces amours voisines, inscrit
dans l'histoire de mon amour pour elle, c'est-à-
dire pour elles et ses amies. Car ce n'était même
pas un amour comme celui pour Gilberte mais créé
par division entre plusieurs jeunes filles. Que ce
fût à cause d'elle et parce qu'elles me paraissaient
quelque chose d'analogue à elle que je me fusse
plu avec ses amies, il était possible. Toujours est-il
que pendant bien longtemps l'hésitation entre
toutes fut possible, mon choix se promenait de
l'une à l'autre, et quand je croyais préférer celle-
ci, il suffisait que celle-là me laissât attendre,
refusât de me voir pour que j'eusse pour elle un
commencement d'amour. Bien des fois à cette
époque lorsqu'Andrée devait venir me voir à
Balbec, si un peu avant la visite d'Andrée, Albertine me manquait de parole, mon cœur ne cessait
plus de battre, je croyais ne jamais la revoir et
c'était elle que j'aimais. Et quand Andrée venait
c'était sérieusement que je lui disais (comme je le
lui dis à Paris après que j'eus appris qu'Albertine
avait connu M\ue Vinteuil) ce qu'elle pouvait
croire dit exprès, sans sincérité, ce qui aurait
été dit en effet et dans les mêmes termes si j'avais

143

été heureux la veille avec Albertine : « Hélas si vous étiez venue plus tôt, maintenant j'en aime une autre. » Encore dans ce cas d'Andrée, remplacée par Albertine quand j'avais su que celle-ci avait connu Mlle Vinteuil, l'amour avait été alternatif et par conséquent en somme il n'y en avait eu qu'un à la fois. Mais il s'était produit tel cas auparavant où je m'étais à demi brouillé avec deux des jeunes filles. Celle qui ferait les premiers pas me rendrait le calme, c'est l'autre que j'aimerais, si elle restait brouillée, ce qui ne veut pas dire que ce n'est pas avec la première que je me lierais définitivement, car elle me consolerait — bien qu'inefficacement — de la dureté de la seconde, de la seconde que je finirais par oublier si elle ne revenait plus. Or il arrivait que persuadé que l'une ou l'autre au moins allait revenir à moi, aucune des deux pendant quelque temps ne le faisait. Mon angoisse était donc double, et double mon amour, me réservant de cesser d'aimer celle qui reviendrait, mais souffrant jusque-là par toutes les deux. C'est le lot d'un certain âge qui peut venir très tôt qu'on soit rendu moins amoureux par un être que par un abandon, où de cet être on finit par ne plus savoir qu'une chose, sa figure étant obscurcie, son âme inexistante, votre préférence toute récente et inexpliquée, c'est qu'on aurait besoin pour ne plus souffrir qu'il vous fît dire : « Me recevriez-vous ? » Ma séparation d'avec Albertine le jour où Françoise m'avait dit : « Mademoiselle Albertine est partie »

était comme une allégorie de tant d'autres sépa-
rations. Car bien souvent pour que nous décou-
vrions que nous sommes amoureux, peut-être
même pour que nous le devenions, il faut qu'arrive
le jour de la séparation. Dans ce cas où c'est une
attente vaine, un mot de refus qui fixe un choix,
l'imagination fouettée par la souffrance va si vite
dans son travail, fabrique avec une rapidité si
folle un amour à peine commencé et qui restait
informe, destiné à rester à l'état d'ébauche depuis
des mois, que par instants l'intelligence qui n'a
pu rattraper le cœur, s'étonne, s'écrie : « Mais tu
es fou, dans quelles pensées nouvelles vis-tu si
douloureusement ? Tout cela n'est pas la vie
réelle ». Et en effet à ce moment-là, si on n'était
pas relancé par l'infidèle, de bonnes distractions
qui nous calmeraient physiquement le cœur suffiraient pour faire avorter l'amour. En tous cas
si cette vie avec Albertine n'était pas dans son
essence nécessaire, elle m'était devenue indispensable. J'avais tremblé quand j'avais aimé
Mme de Guermantes parce que je me disais
qu'avec ses trop grands moyens de séduction,
non seulement de beauté mais de situation, de
richesse, elle serait trop libre d'être à trop de
gens, que j'aurais trop peu de prise sur elle.
Albertine étant pauvre, obscure, devait être dési-
reuse de m'épouser. Et pourtant je n'avais pu la
posséder pour moi seul. Que ce soient les conditions sociales, les prévisions de la sagesse, en
vérité, on n'a pas de prises sur la vie d'un autre

être. Pourquoi ne m'avait-elle pas dit : « J'ai ces goûts », j'aurais cédé, je lui aurais permis de les satisfaire. Dans un roman que j'avais lu il y avait une femme qu'aucune objurgation de l'homme qui l'aimait ne pouvait décider à parler. En le lisant j'avais trouvé cette situation absurde ; j'aurais moi, me disais-je, forcé la femme à parler d'abord, ensuite nous nous serions entendus ; à quoi bon ces malheurs inutiles ? Mais je voyais maintenant que nous ne sommes pas libres de ne pas nous les forger et que nous avons beau connaître notre volonté, les autres êtres ne lui obéissent pas.

Et pourtant ces douloureuses, ces inéluctables vérités qui nous dominaient et pour lesquelles nous étions aveugles, vérité de nos sentiments, vérité de notre destin, combien de fois sans le savoir, sans le vouloir, nous les avions dites en des paroles crues sans doute mensongères par nous mais auxquelles l'événement avait donné après coup leur valeur prophétique. Je me rappelais bien des mots que l'un et l'autre nous avions prononcés sans savoir alors la vérité qu'ils contenaient, même que nous avions dits en croyant nous jouer la comédie et dont la fausseté était bien mince, bien peu intéressante, toute confinée dans notre pitoyable insincérité auprès de ce qu'ils contenaient à notre insu. Mensonges, erreurs, en deçà de la réalité profonde que nous n'apercevions pas, vérité au delà, vérité de nos caractères dont les lois essentielles nous échappent et demandent le temps pour se révéler, vérité de nos destins aussi. J'avais cru mentir quand je lui avais dit à Balbec : « Plus je vous verrai, plus je vous aimerai » (et pourtant c'était cette intimité de tous les instants qui, par le moyen de la jalousie, m'avait tant attaché à elle), « Je sais que je pourrais être utile à votre esprit » ; à Paris : « Tâchez d'être prudente. Pensez s'il vous arrivait un accident je ne m'en consolerais pas » et elle : « Mais il peut m'arriver un accident », à Paris le soir où j'avais fait semblant de vouloir la quitter : « Laissez-moi vous regarder encore puisque bientôt je ne vous verrai plus, et que ce sera pour jamais. » Et elle quand ce même soir elle avait regardé autour d'elle : « Dire que je ne verrai plus cette chambre, ces livres, ce pianola, toute cette maison, je ne peux pas le croire et pourtant c'est vrai. » Dans ses dernières lettres enfin, quand elle avait écrit — probablement en se disant « Je fais du chiqué » : — « Je vous laisse le meilleur de moi-même » (et n'était-ce pas en effet maintenant à la fidélité, aux forces, fragiles hélas aussi, de ma mémoire qu'étaient confiées son intelligence, sa bonté, sa beauté ?) et « cet instant deux fois crépusculaire puisque le jour tombait et que nous allions nous quitter, ne s'effacera de mon esprit que quand il sera envahi par la nuit complète », cette phrase écrite la veille du jour où en effet son esprit avait été envahi par la nuit complète et où peut-être bien dans ces dernières lueurs si rapides mais que l'anxiété du moment divise jusqu'à l'infini, elle avait

peut-être bien revu notre dernière promenade et
dans cet instant où tout nous abandonne et où
on se crée une foi, comme les athées deviennent
chrétiens sur le champ de bataille, elle avait peut-
être appelé au secours l'ami si souvent maudit
mais si respecté par elle, qui lui-même — car
toutes les religions se ressemblent — avait la
cruauté de souhaiter qu'elle eût eu aussi le temps
de se reconnaître, de lui donner sa dernière pensée,
de se confesser enfin à lui, de mourir en lui.
Mais à quoi bon, puisque si même, alors, elle avait
eu le temps de se reconnaître, nous n'avions
compris l'un et l'autre où était notre bonheur,
ce que nous aurions dû faire, que quand ce bonheur, que parce que ce bonheur n'était plus possible, que nous ne pouvions plus le réaliser. Tant
que les choses sont possibles on les diffère, et elles
ne peuvent prendre cette puissance d'attraits et
cette apparente aisance de réalisation que quand
projetées dans le vide idéal de l'imagination, elles
sont soustraites à la submersion alourdissante,
enlaidissante du milieu vital. L'idée qu'on mourra
est plus cruelle que mourir, mais moins que l'idée
qu'un autre est mort, que, redevenue plane après
avoir englouti un être, s'étend, sans même un
remous à cette place-là, une réalité d'où cet être
est exclu, où n'existe plus aucun vouloir, aucune
connaissance, et de laquelle il est aussi difficile
de remonter à l'idée que cet être a vécu, qu'il est
difficile, du souvenir encore tout récent de sa vie,
de penser qu'il est assimilable aux images sans

consistance, aux souvenirs laissés par les personnages d'un roman qu'on a lu.

Du moins j'étais heureux qu'avant de mourir,
elle m'eût écrit cette lettre, et surtout envoyé la
dernière dépêche qui me prouvait qu'elle fût
revenue si elle eût vécu. Il me semblait que
c'était non seulement plus doux, mais plus beau
ainsi, que l'événement eût été incomplet sans ce
télégramme, eût eu moins figure d'art et de destin.
En réalité il l'eût eu tout autant s'il eût été autre ;
car tout événement est comme un moule d'une
forme particulière, et, quel qu'il soit, il impose,
à la série des faits qu'il est venu interrompre et
semble en conclure, un dessin que nous croyons
le seul possible parce que nous ne connaissons
pas celui qui eût pu lui être substitué. Je me répé-
tais : « Pourquoi ne m'avait-elle pas dit : « J'ai ces
goûts », j'aurais cédé, je lui aurais permis de les
satisfaire, en ce moment je l'embrasserais encore ».
Quelle tristesse d'avoir à me rappeler qu'elle
m'avait ainsi menti en me jurant trois jours
avant de me quitter qu'elle n'avait jamais eu
avec l'amie de Mlle Vinteuil, ces relations qu'au
moment où Albertine me le jurait, sa rougeur
avait confessées. Pauvre petite, elle avait eu du
moins l'honnêteté de ne pas vouloir jurer que le
plaisir de revoir Mlle Vinteuil n'entrait pour rien
dans son désir d'aller ce jour-là chez les Verdurin.
Pourquoi n'était-elle pas allée jusqu'au bout de
son aveu, et avait-elle inventé alors ce roman
inimaginable ? Peut-être du reste était-ce un peu

ma faute si elle n'avait jamais malgré toutes mes prières qui venaient se briser à sa dénégation, voulu me dire : « j'ai ces goûts. » C'était peut-être un peu ma faute parce que à Balbec le jour où après la visite de Mme de Cambremer j'avais eu ma première explication avec Albertine et où j'étais si loin de croire qu'elle pût avoir en tous cas autre chose qu'une amitié trop passionnée avec Andrée, j'avais exprimé avec trop de violence mon dégoût pour ce genre de mœurs, je les avais condamnées d'une façon trop catégorique. Je ne pouvais me rappeler si Albertine avait rougi quand j'avais naïvement proclamé mon horreur de cela, je ne pouvais me le rappeler, car ce n'est souvent que longtemps après que nous voudrions bien savoir quelle attitude eut une personne à un moment où nous n'y fîmes nullement attention et qui, plus tard, quand nous repensons à notre conversation, éclaircirait une difficulté poignante. Mais dans notre mémoire il y a une lacune, il n'y a pas trace de cela. Et bien souvent nous n'avons pas fait assez attention, au moment même, aux choses qui pouvaient déjà nous paraître importantes, nous n'avons pas bien entendu une phrase, nous n'avons pas noté un geste, ou bien nous les avons oubliés. Et quand plus tard, avides de découvrir une vérité, nous remontons de déduction en déduction, feuilletant notre mémoire comme un recueil de témoignages, quand nous arrivons à cette phrase, à ce geste, impossible de nous rappeler, nous recommençons vingt fois le même trajet mais inutilement : le chemin ne va pas plus loin. Avait-elle rougi ? Je ne savais si elle avait rougi, mais elle n'avait pas pu ne pas entendre, et le souvenir de ces paroles l'avait plus tard arrêtée quand peut-être elle avait été sur le point de se confesser à moi. Et maintenant elle n'était plus nulle part, j'aurais pu parcourir la terre d'un pôle à l'autre sans rencontrer Albertine. La réalité qui s'était refermée sur elle était redevenue unie, avait effacé jusqu'à la trace de l'être qui avait coulé à fond. Elle n'était plus qu'un nom, comme cette M\ :^{me}\ de Charlus dont disaient avec indifférence : « Elle était délicieuse » ceux qui l'avaient connue. Mais je ne pouvais pas concevoir plus d'un instant l'existence de cette réalité dont Albertine n'avait pas conscience, car en moi mon amie existait trop, en moi où tous les sentiments, toutes les pensées se rapportaient à sa vie. Peut-être si elle l'avait su, eût-elle été touchée de voir que son ami ne l'oubliait pas, maintenant que sa vie à elle était finie et elle eût été sensible à des choses qui auparavant l'eussent laissée indifférente. Mais comme on voudrait s'abstenir d'infidélités, si secrètes fussent-elles, tant on craint que celle qu'on aime ne s'en abstienne pas, j'étais effrayé de penser que si les morts vivent quelque part, ma grand'mère connaissait aussi bien mon oubli, qu'Albertine mon souvenir. Et tout compte fait, même pour une même morte, est-on sûr que la joie qu'on aurait d'apprendre qu'elle sait certaines choses balan-

cerait l'effroi de penser qu'elle les sait *toutes* ; et,
si sanglant que soit le sacrifice, ne renoncerions-
nous pas quelquefois à garder après leur mort
comme amis ceux que nous avons aimés de peur
de les avoir aussi pour juges.

Mes curiosités jalouses de ce qu'avait pu faire
Albertine étaient infinies. J'achetai combien de
femmes qui ne m'apprirent rien. Si ces curiosités
étaient si vivaces, c'est que l'être ne meurt pas
tout de suite pour nous, il reste baigné d'une
espèce d'*aura* de vie qui n'a rien d'une immortalité
véritable mais qui fait qu'il continue à occuper
nos pensées de la même manière que quand il
vivait. Il est comme en voyage. C'est une survie
très païenne. Inversement quand on a cessé
d'aimer, les curiosités que l'être excite meurent
avant que lui-même soit mort. Ainsi je n'eusse
plus fait un pas pour savoir avec qui Gilberte
se promenait un certain soir dans les Champs-
Élysées. Or je sentais bien que ces curiosités
étaient absolument pareilles, sans valeur en elles-
mêmes, sans possibilité de durer, mais je continuais
à tout sacrifier à la cruelle satisfaction de ces
curiosités passagères, bien que je susse d'avance
que ma séparation forcée d'avec Albertine, du
fait de sa mort, me conduirait à la même indifférence qu'avait fait ma séparation volontaire d'avec
Gilberte.

Si elle avait pu savoir ce qui allait arriver, elle
serait restée auprès de moi. Mais cela revenait
à dire qu'une fois qu'elle se fût vue morte elle

eût mieux aimé, auprès de moi, rester en vie.
Par la contradiction même qu'elle impliquait, une
telle supposition était absurde. Mais cela n'était
pas inoffensif, car en imaginant combien Albertine, si elle pouvait savoir, si elle pouvait rétrospectivement comprendre, serait heureuse de revenir
auprès de moi, je l'y voyais, je voulais l'embrasser ;
et hélas c'était impossible, elle ne reviendrait
jamais, elle était morte. Mon imagination la
cherchait dans le ciel, par les soirs où nous l'avions
regardé encore ensemble ; au delà de ce clair de
lune qu'elle aimait, je tâchais de hisser jusqu'à
elle ma tendresse pour qu'elle lui fût une consolation de ne plus vivre, et cet amour pour un
être si lointain était comme une religion, mes
pensées montaient vers elle comme des prières.
Le désir est bien fort, il engendre la croyance,
j'avais cru qu'Albertine ne partirait pas parce
que je le désirais. Parce que je le désirais je crus
qu'elle n'était pas morte ; je me mis à lire des
livres sur les tables tournantes, je commençai à
croire possible l'immortalité de l'âme. Mais elle
ne me suffisait pas. Il fallait qu'après ma mort,
je la retrouvasse avec son corps comme si l'éter-
nité ressemblait à la vie. Que dis-je à la vie !
J'étais plus exigeant encore. J'aurais voulu ne
pas être à tout jamais privé par la mort des
plaisirs que pourtant elle n'est pas seule à nous
ôter. Car sans elle ils auraient fini par s'émousser,
ils avaient déjà commencé de l'être par l'action
de l'habitude ancienne, des nouvelles curiosités.

Puis, dans la vie, Albertine, même physiquement
eût peu à peu changé, jour par jour je me serais
adapté à ce changement. Mais mon souvenir
n'évoquant d'elle que des moments, demandait
de la revoir telle qu'elle n'aurait déjà plus été
si elle avait vécu; ce qu'il voulait c'était un miracle
qui satisfît aux limites naturelles et arbitraires
de la mémoire qui ne peut sortir du passé. Avec
la naïveté des théologiens antiques, je l'imaginais
m'accordant les explications non pas même
qu'elle eût pu me donner mais par une contradiction dernière celles qu'elle m'avait toujours refu-
sées pendant sa vie. Et ainsi sa mort étant une
espèce de rêve mon amour lui semblerait un
bonheur inespéré ; je ne retenais de la mort que
la commodité et l'optimisme d'un dénouement
qui simplifie, qui arrange tout. Quelquefois ce
n'était pas si loin, ce n'était pas dans un autre
monde que j'imaginais notre réunion. De même
qu'autrefois, quand je ne connaissais Gilberte que
pour jouer avec elle aux Champs-Élysées, le soir
à la maison je me figurais que j'allais recevoir
une lettre d'elle où elle m'avouerait son amour,
qu'elle allait entrer, une même force de désir ne
s'embarrassant pas plus des lois physiques qui le
contrariaient, que la première fois au sujet de
Gilberte, où en somme il n'avait pas eu tort
puisqu'il avait eu le dernier mot, me faisait penser
maintenant que j'allais recevoir un mot d'Albertine, m'apprenant qu'elle avait bien eu un accident
de cheval, mais que pour des raisons romanesques

(et comme en somme il est quelquefois arrivé pour des personnages qu'on a cru longtemps morts) elle n'avait pas voulu que j'apprisse qu'elle avait guéri et maintenant repentante demandait à venir vivre pour toujours avec moi. Et, me faisant très bien comprendre ce que peuvent être certaines folies douces de personnes qui par ailleurs semblent raisonnables, je sentais coexister en moi, la certitude qu'elle était morte, et l'espoir incessant de la voir entrer.

Je n'avais pas encore reçu de nouvelles d'Aimé qui pourtant devait être arrivé à Balbec. Sans doute mon enquête portait sur un point secondaire et bien arbitrairement choisi. Si la vie d'Albertine avait été vraiment coupable, elle avait dû contenir bien des choses autrement importantes, auxquelles le hasard ne m'avait pas permis de toucher, comme il l'avait fait pour cette conversation sur le peignoir grâce à la rougeur d'Albertine. C'était tout à fait arbitrairement que j'avais fait un sort à cette journée-là, que plusieurs années après je tâchais de reconstituer. Si Albertine avait aimé les femmes, il y avait des milliers d'autres journées de sa vie dont je ne connaissais pas l'emploi et qui pouvaient être aussi intéressantes pour moi à connaître ; j'aurais pu envoyer Aimé dans bien d'autres endroits de Balbec, dans bien d'autres villes que Balbec. Mais précisément ces journées-là, parce que je n'en savais pas l'emploi, elles ne se représentaient pas à mon imagination. Elles n'avaient pas d'existence. Les choses, les êtres ne commençaient à exister pour moi que quand ils prenaient dans mon imagination une existence individuelle. S'il y en avait des milliers d'autres pareils, ils devenaient pour moi représentatifs du reste. Si j'avais le désir depuis longtemps de savoir en fait de soupçons à l'égard d'Albertine ce qu'il en était pour la douche, c'est de la même manière que, en fait de désirs de femmes, et quoique je susse qu'il y avait un grand nombre de jeunes filles et de femmes de chambres qui pouvaient les valoir et dont le hasard aurait tout aussi bien pu me faire entendre parler, je voulais connaître — puisque c'étaient celles-là dont Saint-Loup m'avait parlé, celles-là qui existaient individuellement pour moi — la jeune fille qui allait dans les maisons de passe et la femme de chambre de Mme Putbus. Les difficultés que ma santé, mon indécision, ma « procrastination », comme disait Saint-Loup, mettaient à réaliser n'importe quoi, m'avaient fait remettre de jour en jour, de mois en mois, d'année en année, l'éclaircissement de certains soupçons comme l'accomplissement de certains désirs. Mais je les gardais dans ma mémoire en me promettant de ne pas oublier d'en connaître la réalité, parce que seuls ils m'obsédaient (puisque les autres n'avaient pas de forme à mes yeux, n'existaient pas), et aussi parce que le hasard même qui les avait choisis au milieu de la réalité m'était un garant que c'était bien en eux avec un peu de réalité, de la vie véritable et convoitée que j'entrerais en contact.

Et puis, sur un seul fait, s'il est certain, ne peut-on, comme le savant qui expérimente, dégager la vérité pour tous les ordres de faits semblables ? Un seul petit fait, s'il est bien choisi, ne suffit-il pas à l'expérimentateur pour décider d'une loi générale qui fera connaître la vérité sur des milliers de faits analogues ?

Albertine avait beau n'exister dans ma mémoire qu'à l'état où elle m'était successivement apparue au cours de la vie, c'est-à-dire subdivisée suivant une série de fractions de temps, ma pensée, rétablissant en elle l'unité, en refaisait un être, et c'est sur cet être que je voulais porter un jugement général, savoir si elle m'avait menti, si elle aimait les femmes, si c'était pour en fréquenter librement qu'elle m'avait quitté. Ce que dirait la doucheuse pourrait peut-être trancher à jamais mes doutes sur les mœurs d'Albertine.

Mes doutes ! Hélas j'avais cru qu'il me serait indifférent, même agréable de ne plus voir Albertine jusqu'à ce que son départ m'eût révélé mon erreur. De même sa mort m'avait appris combien je me trompais en croyant souhaiter quelquefois sa mort et supposer qu'elle serait ma délivrance. Ce fut de même que, quand je reçus la lettre d'Aimé, je compris que, si je n'avais pas jusque-là souffert trop cruellement de mes doutes sur la vertu d'Albertine, c'est qu'en réalité ce n'était nullement des doutes. Mon bonheur, ma vie avaient besoin qu'Albertine fût vertueuse, ils avaient posé une fois pour toutes qu'elle l'était.

Muni de cette croyance préservatrice, je pouvais sans danger laisser mon esprit jouer tristement avec des suppositions auxquelles il donnait une forme mais n'ajoutait pas foi. Je me disais, « Elle aime peut-être les femmes », comme on dit « Je peux mourir ce soir » ; on se le dit, mais on ne le croit pas, on fait des projets pour le lendemain. C'est ce qui explique que, me croyant à tort incertain si Albertine aimait ou non les femmes, et croyant par conséquent qu'un fait coupable à l'actif d'Albertine ne m'apporterait rien que je n'eusse souvent envisagé, j'aie pu éprouver devant les images, insignifiantes pour d'autres, que m'évoquait la lettre d'Aimé, une souffrance inattendue, la plus cruelle que j'eusse ressentie encore, et qui formait avec ces images, avec l'image hélas ! d'Albertine elle-même, une sorte de précipité comme on dit en chimie, où tout était indivisible et dont le texte de la lettre d'Aimé que je sépare d'une façon toute conventionnelle ne peut donner aucunement l'idée, puisque chacun des mots qui la composent était aussitôt transformé, coloré à jamais par la souffrance qu'il venait d'exciter.

« Monsieur,

« Monsieur voudra bien me pardonner si je n'ai pas plus tôt écrit à Monsieur. La personne que Monsieur m'avait chargé de voir s'était absentée pour deux jours et, désireux de répondre à la

confiance que Monsieur avait mise en moi, je
ne voulais pas revenir les mains vides. Je viens de
causer avec cette personne qui se rappelle très
bien (Mlle A.). » Aimé qui avait un certain commencement de culture voulait mettre Mlle A.
en italique et entre guillemets. Mais quand il
voulait mettre des guillemets, il traçait une
parenthèse et quand il voulait mettre quelque
chose entre parenthèse, il le mettait entre guillemets. C'est ainsi que Françoise disait que
quelqu'un *restait* dans ma rue pour dire qu'il
y demeurait, et qu'on pouvait *demeurer* deux
minutes pour rester, les fautes des gens du peuple
consistant seulement très souvent à interchanger
— comme a fait d'ailleurs la langue française
— des termes qui au cours des siècles ont pris
réciproquement la place l'un de l'autre. « D'après
elle la chose que supposait Monsieur est absolument certaine. D'abord c'était elle qui soignait
(Mlle A.) chaque fois que celle-ci venait aux
bains. (Mlle A.) venait très souvent prendre
sa douche avec une grande femme plus âgée
qu'elle, toujours habillée en gris, et que la doucheuse sans savoir son nom connaissait pour
l'avoir vu souvent rechercher des jeunes filles.
Mais elle ne faisait plus attention aux autres
depuis qu'elle connaissait (Mlle A.). Elle et
(Mlle A.) s'enfermaient toujours dans la cabine,
restaient très longtemps, et la dame en gris donnait au moins 10 francs de pourboire à la personne
avec qui j'ai causé. Comme m'a dit cette personne,

vous pensez bien que si elles n'avaient fait
qu'enfiler des perles, elles ne m'auraient pas
donné dix francs de pourboire. (Mlle A.) venait
aussi quelquefois avec une femme très noire de
peau, qui avait un face à mains. Mais (Mlle A.)
venait le plus souvent avec des jeunes filles plus
jeunes qu'elle surtout une très rousse. Sauf la
dame en gris, les personnes que (Mlle A.) avait
l'habitude d'amener n'étaient pas de Balbec et
devaient même souvent venir d'assez loin. Elles
n'entraient jamais ensemble, mais (Mlle A.)
entrait, en disant de laisser la porte de la cabine
ouverte — qu'elle attendait une amie, et la personne avec qui j'ai parlé savait ce que cela voulait dire. Cette personne n'a pu me donner d'autres
détails ne se rappelant pas très bien, « ce qui est
facile à comprendre après si longtemps ». Du reste
cette personne ne cherchait pas à savoir, parce
qu'elle est très discrète et que c'était son intérêt
car (Mlle A.) lui faisait gagner gros. Elle a été
très sincèrement touchée d'apprendre qu'elle
était morte. Il est vrai que si jeune c'est un grand
malheur pour elle et pour les siens. J'attends les
ordres de Monsieur pour savoir si je peux quitter
Balbec où je ne crois pas que j'apprendrai rien
davantage. Je remercie encore Monsieur du petit
voyage que Monsieur m'a ainsi procuré et qui m'a
été très agréable d'autant plus que le temps est
on ne peut plus favorable. La saison s'annonce
bien pour cette année. On espère que Monsieur
viendra faire cet été une petite apparition.

ALBERTINE DISPARUE

Je ne vois plus rien d'intéressant à dire à Monsieur, etc.

Pour comprendre à quelle profondeur ces mots entraient en moi, il faut se rappeler que les questions que je me posais à l'égard d'Albertine n'étaient pas des questions accessoires, indifférentes, des questions de détail, les seules en réalité que nous nous posions à l'égard de tous les êtres qui ne sont pas nous, ce qui nous permet de cheminer, revêtus d'une pensée imperméable, au milieu de la souffrance, du mensonge, du vice ou de la mort. Non, pour Albertine, c'étaient des questions d'essence : En son fond qu'était-elle ? A quoi pensait-elle ? Qu'aimait-elle ? Me mentait-elle ? Ma vie avec elle avait-elle été aussi lamentable que celle de Swann avec Odette ? Aussi ce qu'atteignait la réponse d'Aimé, bien qu'elle ne fût pas une réponse générale, mais particulière — et justement à cause de cela — c'était bien en Albertine, en moi, les profondeurs.

Enfin je voyais devant moi, dans cette arrivée d'Albertine à la douche par la petite rue avec la dame en gris, un fragment de ce passé qui ne me semblait pas moins mystérieux, moins effroyable, que je ne le redoutais quand je l'imaginais enfermé dans le souvenir, dans le regard d'Albertine. Sans doute tout autre que moi eût pu trouver insignifiants ces détails auxquels l'impossibilité où j'étais, maintenant qu'Albertine était morte, de les faire réfuter par elle, conférait l'équivalent d'une sorte de probabilité. Il est même probable que pour Albertine, même s'ils avaient été vrais, ses propres fautes, si elle les avait avouées, que sa conscience les eût trouvées innocentes ou blâmables, que sa sensualité les eût trouvées délicieuses ou assez fades, eussent été dépourvues de cette inexprimable impression d'horreur dont je ne les séparais pas. Moi-même, à l'aide de mon amour des femmes et quoique elles ne dussent pas avoir été pour Albertine la même chose, je pouvais un peu imaginer ce qu'elle éprouvait. Et certes c'était déjà un commencement de souffrance que de me la représenter désirant comme j'avais si souvent désiré, me mentant comme je lui avais si souvent menti, préoccupée par telle ou telle jeune fille, faisant des frais pour elle, comme moi pour Mlle de Stermaria, pour tant d'autres ou pour les paysannes que je rencontrais dans la campagne. Oui, tous mes désirs m'aidaient à comprendre dans une certaine mesure les siens ; c'était déjà une grande souffrance où tous les désirs, plus ils avaient été vifs, étaient changés en tourments d'autant plus cruels ; comme si dans cette algèbre de la sensibilité ils reparaissaient avec le même coefficient mais avec le signe moins au lieu du signe plus. Pour Albertine, autant que je pouvais en juger par moi-même, ses fautes, quelque volonté qu'elle eût de me les cacher — ce qui me faisait supposer qu'elle se jugeait coupable ou avait peur de me chagriner — ses fautes parce qu'elle les avait préparées à sa guise dans la claire lumière de l'imagination où se joue le désir, lui paraissaient tout de même des choses de même nature que le reste de la vie, des plaisirs pour elle qu'elle n'avait pas eu le courage de se refuser, des peines pour moi qu'elle avait cherché à éviter de me faire en me les cachant, mais des plaisirs et des peines qui pouvaient figurer au milieu des autres plaisirs et peines de la vie. Mais moi, c'est du dehors, sans que je fusse prévenu, sans que je pusse moi-même les élaborer, c'est de la lettre d'Aimé que m'étaient venues les images d'Albertine arrivant à la douche et préparant son pourboire.

Sans doute c'est parce que dans cette arrivée silencieuse et délibérée d'Albertine avec la femme en gris, je lisais le rendez-vous qu'elles avaient pris, cette convention de venir faire l'amour dans un cabinet de douches qui impliquait une expérience de la corruption, l'organisation bien dissimulée de toute une double existence, c'est parce que ces images m'apportaient la terrible nouvelle de la culpabilité d'Albertine qu'elles m'avaient immédiatement causé une douleur physique dont elles ne se sépareraient plus. Mais aussitôt la douleur avait réagi sur elles : un fait objectif, tel qu'une image, est différent selon l'état intérieur avec lequel on l'aborde. Et la douleur est un aussi puissant modificateur de la réalité qu'est l'ivresse. Combinée avec ces images, la souffrance en avait fait aussitôt quelque chose d'absolument différent de ce que peut être pour toute autre personne une dame en gris, un pourboire, une

douche, la rue où avait lieu l'arrivée délibérée
d'Albertine avec la dame en gris. Toutes ces
images — échappée sur une vie de mensonges et
de fautes telle que je ne l'avais jamais conçue
— ma souffrance les avait immédiatement alté-
rées en leur matière même, je ne les voyais pas
dans la lumière qui éclaire les spectacles de la
terre, c'était le fragment d'un autre monde, d'une
planète inconnue et maudite, une vue de l'Enfer.
L'Enfer c'était tout ce Balbec, tous ces pays
avoisinants d'où, d'après la lettre d'Aimé, elle
faisait venir souvent les filles plus jeunes qu'elle
amenait à la douche. Ce mystère que j'avais
jadis imaginé dans le pays de Balbec et qui s'y
était dissipé quand j'y avais vécu, que j'avais
ensuite espéré ressaisir en connaissant Albertine
parce que, quand je la voyais passer sur la plage,
quand j'étais assez fou pour désirer qu'elle ne
fût pas vertueuse, je pensais qu'elle devait l'incarner, comme maintenant tout ce qui touchait
à Balbec s'en imprégnait affreusement ! Les noms
de ces stations, Toutainville, Évreville, Incarville,
devenus si familiers, si tranquillisants, quand je
les entendais le soir en revenant de chez les Verdurin, maintenant que je pensais qu'Albertine
avait habité l'une, s'était promenée jusqu'à l'autre,
avait pu souvent aller à bicyclette à la troisième,
ils excitaient en moi une anxiété plus cruelle que
la première fois, où je les voyais avec tant de
trouble, avant d'arriver à Balbec que je ne connaissais pas encore. C'est un de ces pouvoirs de

la jalousie de nous découvrir combien la réalité
des faits extérieurs et les sentiments de l'âme sont
quelque chose d'inconnu qui prête à mille suppositions. Nous croyons savoir exactement ce que sont
les choses et ce que pensent les gens, pour la simple
raison que nous ne nous en soucions pas. Mais
dès que nous avons le désir de savoir, comme
a le jaloux, alors c'est un vertigineux kaleidoscope
où nous ne distinguons plus rien. Albertine
m'avait-elle trompé ? avec qui ? dans quelle
maison ? quel jour ? celui où elle m'avait dit telle
chose ? où je me rappelais que j'avais dans la
journée dit ceci ou cela ? je n'en savais rien. Je
ne savais pas davantage quels étaient ses sentiments pour moi, s'ils étaient inspirés par l'intérêt,
par la tendresse. Et tout d'un coup je me rappelais
tel incident insignifiant, par exemple qu'Albertine
avait voulu aller à Saint-Martin le Vêtu, disant
que ce nom l'intéressait, et peut-être simplement
parce qu'elle avait fait la connaissance de quelque
paysanne qui était là-bas. Mais ce n'était rien
qu'Aimé m'eût appris tout cela par la doucheuse,
puisque Albertine devait éternellement ignorer
qu'il me l'avait appris, le besoin de savoir ayant
toujours été surpassé, dans mon amour pour
Albertine, par le besoin de lui montrer que je
savais ; car cela faisait tomber entre nous la
séparation d'illusions différentes, tout en n'ayant
jamais eu pour résultat de me faire aimer d'elle
davantage, au contraire. Or voici que, depuis
qu'elle était morte, le second de ces besoins était

amalgamé à l'effet du premier : je tâchais de me représenter l'entretien où je lui aurais fait part de ce que j'avais appris, aussi vivement que l'entretien où je lui aurais demandé ce que je ne savais pas ; c'est-à-dire la voir près de moi, l'entendre me répondant avec bonté, voir ses joues redevenir grosses, ses yeux perdre leur malice et prendre de la tristesse, c'est-à-dire l'aimer encore et oublier la fureur de ma jalousie dans le désespoir de mon isolement. Le douloureux mystère de cette impossibilité de jamais lui faire savoir ce que j'avais appris et d'établir nos rapports sur la vérité de ce que je venais seulement de découvrir (et que je n'avais peut-être pu découvrir que parce qu'elle était morte) substituait sa tristesse au mystère plus douloureux de sa conduite. Quoi ? Avoir tant désiré qu'Albertine sût que j'avais appris l'histoire de la salle de douches, Albertine qui n'était plus rien ! C'était là encore une des conséquences de cette impossibilité où nous sommes, quand nous avons à raisonner sur la mort, de nous représenter autre chose que la vie. Albertine n'était plus rien. Mais pour moi c'était la personne qui m'avait caché qu'elle eût des rendez-vous avec des femmes à Balbec, qui s'imaginait avoir réussi à me le faire ignorer. Quand nous raisonnons sur ce qui se passe après notre propre mort, n'est-ce pas encore nous vivant que par erreur nous projetons à ce moment-là ? Et est-il beaucoup plus ridicule en somme de regretter qu'une femme qui n'est plus rien ignore

que nous ayons appris ce qu'elle faisait il y a six
ans, que de désirer que de nous-même, qui serons
mort, le public parle encore avec faveur dans un
siècle ? S'il y a plus de fondement réel dans le
second cas que dans le premier, les regrets de ma
jalousie rétrospective n'en procédaient pas moins
de la même erreur d'optique que chez les autres
hommes le désir de la gloire posthume. Pourtant
cette impression de ce qu'il y avait de solennellement définitif dans ma séparation d'avec Albertine, si elle s'était substituée un moment à l'idée
de ses fautes, ne faisait qu'aggraver celles-ci en
leur conférant un caractère irrémédiable.

Je me voyais perdu dans la vie comme sur une
plage illimitée où j'étais seul et où, dans quelque
sens que j'allasse, je ne la rencontrerais jamais.
Heureusement je trouvai fort à propos dans ma
mémoire, — comme il y a toujours toutes espèces
de choses, les unes dangereuses, les autres salutaires dans ce fouillis où les souvenirs ne s'éclairent
qu'un à un, — je découvris, comme un ouvrier
l'objet qui pourra servir à ce qu'il veut faire,
une parole de ma grand'mère. Elle m'avait dit
à propos d'une histoire invraisemblable que la
doucheuse avait racontée à Mme de Villeparisis :
« C'est une femme qui doit avoir la maladie du
mensonge ». Ce souvenir me fut d'un grand secours. Quelle portée pouvait avoir ce qu'avait
dit la doucheuse à Aimé ? D'autant plus qu'en
somme elle n'avait rien vu. On peut venir prendre
des douches avec des amies sans penser à mal

pour cela. Peut-être pour se vanter la doucheuse
exagérait-elle le pourboire. J'avais bien entendu
Françoise soutenir une fois que ma tante Léonie
avait dit devant elle qu'elle avait « un million à
manger par mois », ce qui était de la folie ; une
autre fois qu'elle avait vu ma tante Léonie donner
à Eulalie quatre billets de mille francs, alors qu'un
billet de cinquante francs plié en quatre me paraissait déjà peu vraisemblable. Et ainsi je cherchais
— et je réussis peu à peu — à me défaire de la
douloureuse certitude que je m'étais donné tant
de mal à acquérir, ballotté que j'étais toujours
entre le désir de savoir, et la peur de souffrir.
Alors ma tendresse put renaître, mais, aussitôt
avec cette tendresse, une tristesse d'être séparé
d'Albertine, durant laquelle j'étais peut-être encore
plus malheureux qu'aux heures récentes où
c'était par la jalousie que j'étais torturé. Mais
cette dernière renaquit soudain, en pensant à
Balbec, à cause de l'image soudain revue (et qui
jusque-là ne m'avait jamais fait souffrir et me
paraissait même une des plus inoffensives de ma
mémoire) de la salle à manger de Balbec le soir,
avec de l'autre côté du vitrage, toute cette popu-
lation entassée dans l'ombre comme devant le
vitrage lumineux d'un aquarium, en faisant se
frôler (je n'y avais jamais pensé) dans sa conglo-
mération, les pêcheurs et les filles du peuple
contre les petites bourgeoises jalouses de ce luxe
nouveau à Balbec, ce luxe que sinon la fortune,
du moins l'avarice et la tradition interdisaient à

leurs parents, petites bourgeoises parmi lesquelles,
il y avait sûrement presque chaque soir Albertine
que je ne connaissais pas encore et qui sans doute
levait là quelque fillette qu'elle rejoignait quelques
minutes plus tard dans la nuit, sur le sable, ou
bien dans une cabine abandonnée, au pied de la
falaise. Puis c'était ma tristesse qui renaissait,
je venais d'entendre comme une condamnation
à l'exil le bruit de l'ascenseur qui, au lieu de
s'arrêter à mon étage, montait au-dessus. Pourtant la seule personne dont j'eusse pu souhaiter
la visite ne viendrait plus jamais, elle était morte.
Et malgré cela, quand l'ascenseur s'arrêtait à
mon étage, mon cœur battait, un instant je me
disais : « Si tout de même cela n'était qu'un
rêve ! C'est peut-être elle, elle va sonner, elle
revient, Françoise va entrer me dire avec plus
d'effroi que de colère — car elle est plus supers-
titieuse encore que vindicative et craindrait
moins la vivante que ce qu'elle croira peut-être
un revenant — : « Monsieur ne devinera jamais qui
est là. » J'essayais de ne penser à rien, de prendre
un journal. Mais la lecture m'était insupportable
de ces articles écrits par des gens qui n'éprouvent
pas de réelle douleur. D'une chanson insignifiante
l'un disait : « C'est à *pleurer* », tandis que moi je
l'aurais écoutée avec tant d'allégresse si Albertine
avait vécu. Un autre, grand écrivain cependant,
parce qu'il avait été acclamé à sa descente d'un
train, disait qu'il avait reçu là des témoignages
inoubliables, alors que moi, si maintenant je les

avais reçus, je n'y aurais même pas pensé un instant. Et un troisième assurait que, sans la fâcheuse politique, la vie de Paris serait « tout à fait délicieuse » alors que je savais bien que même sans politique cette vie ne pouvait m'être qu'atroce, et m'eût semblé délicieuse même avec la politique, si j'eusse retrouvé Albertine. Le chroniqueur cynégétique disait (on était au mois de mai) « Cette époque est vraiment douloureuse, disons mieux, sinistre, pour le vrai chasseur, car il n'y a rien, absolument rien à tirer », et le chroniqueur du « Salon » : « Devant cette manière d'organiser une exposition on se sent pris d'un immense découragement, d'une tristesse infinie... » Si la force de ce que je sentais me faisait paraître mensongères et pâles les expressions de ceux qui n'avaient pas de vrais bonheurs ou malheurs, en revanche les lignes les plus insignifiantes qui, de si loin que ce fût, pouvaient se rattacher ou à la Normandie, ou à la Touraine, ou aux établissements hydrothérapiques, ou à la Berma, ou à la princesse de Guermantes, ou à l'amour, ou à l'absence, ou à l'infidélité, remettaient brusquement devant moi, sans que j'eusse eu le temps de me détourner, l'image d'Albertine, et je me remettais à pleurer. D'ailleurs, d'habitude, ces journaux je ne pouvais même pas les lire, car le simple geste d'en ouvrir un me rappelait à la fois que j'en accomplissais de semblables quand Albertine vivait, et qu'elle ne vivait plus ; je les laissais retomber sans avoir la force de les déplier jusqu'au bout. Chaque

impression évoquait une impression identique
mais blessée parce qu'en avait été retranchée
l'existence d'Albertine, de sorte que je n'avais
jamais le courage de vivre jusqu'au bout ces
minutes mutilées. Même, quand peu à peu Albertine cessa d'être présente à ma pensée et toute-
puissante sur mon cœur, je souffrais tout d'un
coup s'il me fallait, comme au temps où elle était
là, entrer dans sa chambre, chercher de la lumière,
m'asseoir près du pianola. Divisée en petits dieux
familiers, elle habita longtemps la flamme de la
bougie, le bouton de la porte, le dossier d'une
chaise, et d'autres domaines plus immatériels
comme une nuit d'insomnie ou l'émoi que me
donnait la première visite d'une femme qui
m'avait plu. Malgré cela le peu de phrases que
mes yeux lisaient dans une journée ou que ma
pensée se rappelait avoir lues, excitaient souvent
en moi une jalousie cruelle. Pour cela elles avaient
moins besoin de me fournir un argument valable
en faveur de l'immoralité des femmes que de me
rendre une impression ancienne liée à l'existence
d'Albertine. Transporté alors dans un moment
oublié dont l'habitude d'y penser n'avait pas
pour moi émoussé la force, et où Albertine vivait
encore, ses fautes prenaient quelque chose de
plus voisin, de plus angoissant, de plus atroce.
Alors je me demandais s'il était certain que les
révélations de la doucheuse fussent fausses. Une
bonne manière de savoir la vérité serait d'envoyer
Aimé en Touraine, passer quelques jours dans le

voisinage de la villa de Mme Bontemps. Si Albertine aimait les plaisirs qu'une femme prend avec
les femmes, si c'est pour n'être pas plus longtemps
privée d'eux qu'elle m'avait quitté, elle avait dû,
aussitôt libre, essayer de s'y livrer et y réussir,
dans un pays qu'elle connaissait et où elle n'aurait
pas choisi de se retirer si elle n'avait pas pensé
y trouver plus de facilités que chez moi. Sans
doute, il n'y avait rien d'extraordinaire à ce que
la mort d'Albertine eût si peu changé mes préoccupations. Quand notre maîtresse est vivante,
une grande partie des pensées qui forment ce que
nous appelons notre amour nous viennent pendant les heures où elle n'est pas à côté de nous.
Ainsi l'on prend l'habitude d'avoir pour objet de
sa rêverie un être absent, et qui, même s'il ne le
reste que quelques heures, pendant ces heures-là
n'est qu'un souvenir. Aussi la mort ne change-t-
elle pas grand'chose. Quand Aimé revint, je lui
demandai de partir pour Châtellerault, et ainsi
non seulement par mes pensées, mes tristesses,
l'émoi que me donnait un nom relié de si loin.
que ce fût à un certain être, mais encore par toutes
mes actions, par les enquêtes auxquelles je procédais, par l'emploi que je faisais de mon argent
tout entier destiné à connaître les actions d'Albertine, je peux dire que toute cette année-là ma vie
resta remplie par un amour, par une véritable
liaison. Et celle qui en était l'objet était une
morte. On dit quelquefois qu'il peut subsister
quelque chose d'un être après sa mort, si cet être

était un artiste et mettait un peu de soin dans son
œuvre. C'est peut-être de la même manière qu'une
sorte de bouture prélevée sur un être et greffée
au cœur d'un autre, continue à y poursuivre sa
vie, même quand l'être d'où elle avait été déta-
chée a péri. Aimé alla loger à côté de la villa de
Mme Bontemps ; il fit la connaissance d'une femme
de chambre, d'un loueur de voitures chez qui
Albertine allait souvent en prendre une pour la
journée. Les gens n'avaient rien remarqué. Dans
une seconde lettre, Aimé me disait avoir appris
d'une petite blanchisseuse de la ville qu'Albertine
avait une manière particulière de lui serrer le
bras quand celle-ci lui rapportait le linge. « Mais,
disait-elle, cette demoiselle ne lui avait jamais
fait autre chose. » J'envoyai à Aimé l'argent
qui payait son voyage, qui payait le mal qu'il
venait de me faire par sa lettre et cependant je
m'efforçais de le guérir en me disant que c'était
là une familiarité qui ne prouvait aucun désir
vicieux quand je reçus un télégramme d'Aimé :
« Ai appris les choses les plus intéressantes. Ai
plein de nouvelles pour prouver lettre suit. » Le
lendemain vint une lettre dont l'enveloppe suffit
à me faire frémir ; j'avais reconnu qu'elle était
d'Aimé, car chaque personne même la plus
humble a sous sa dépendance ces petits êtres
familiers à la fois vivants et couchés dans une
espèce d'engourdissement sur le papier, les caractères de son écriture que lui seul possède. « D'abord
la petite blanchisseuse n'a rien voulu me dire, elle

assurait que Mlle Albertine n'avait jamais fait que
lui pincer le bras. Mais pour la faire parler je
l'ai emmenée dîner, je l'ai fait boire. Alors elle
m'a raconté que Mlle Albertine la rencontrait
souvent au bord de la Loire, quand elle allait
se baigner, que Mlle Albertine qui avait l'habitude
de se lever de grand matin pour aller se baigner
avait l'habitude de la retrouver au bord de l'eau,
à un endroit où les arbres sont si épais que personne ne peut vous voir et d'ailleurs il n'y a personne qui peut vous voir à cette heure-là. Puis
la blanchisseuse amenait ses petites amies et
elles se baignaient et après, comme il faisait
très chaud déjà là-bas et que ça tapait dur même
sous les arbres, elles restaient dans l'herbe à se
sécher, à jouer, à se caresser. La petite blanchisseuse m'a avoué qu'elle aimait beaucoup à s'amu-
ser avec ses petites amies et que voyant Mlle Albertine qui se frottait toujours contre elle dans son
peignoir, elle le lui avait fait enlever et lui faisait
des caresses avec sa langue le long du cou et des
bras, même sur la plante des pieds que Mlle Albertine lui tendait. La blanchisseuse se déshabillait
aussi, et elles jouaient à se pousser dans l'eau;
là elle ne m'a rien dit de plus, mais tout dévoué
à vos ordres et voulant faire n'importe quoi pour
vous faire plaisir, j'ai emmené coucher avec moi
la petite blanchisseuse. Elle m'a demandé si je
voulais qu'elle me fît ce qu'elle faisait à Mlle Albertine quand celle-ci ôtait son costume de bain. Et
elle m'a dit : « Si vous aviez vu comme elle frétil-

lait, cette demoiselle, elle me disait : (ah ! tu me
mets aux anges) et elle était si énervée qu'elle ne
pouvait s'empêcher de me mordre. » J'ai vu encore
la trace sur le bras de la petite blanchisseuse. Et
je comprends le plaisir de Mlle Albertine car
cette petite-là est vraiment très habile. »

J'avais bien souffert à Balbec quand Albertine
m'avait dit son amitié pour Mlle Vinteuil. Mais
Albertine était là pour me consoler. Puis quand,
pour avoir trop cherché à connaître les actions d'Albertine, j'avais réussi à la faire partir de chez moi,
quand Françoise m'avait annoncé qu'elle n'était
plus là et que je m'étais trouvé seul, j'avais souffert
davantage. Mais du moins l'Albertine que j'avais
aimée restait dans mon cœur. Maintenant à sa
place — pour me punir d'avoir poussé plus loin
une curiosité à laquelle, contrairement à ce que
j'avais supposé, la mort n'avait pas mis fin —
ce que je trouvais c'était une jeune fille différente,
multipliant les mensonges et les tromperies, là
où l'autre m'avait si doucement rassuré en me
jurant n'avoir jamais connu ces plaisirs que, dans
l'ivresse de sa liberté reconquise, elle était partie
goûter jusqu'à la pâmoison, jusqu'à mordre cette
petite blanchisseuse qu'elle retrouvait au soleil
levant, sur le bord de la Loire et à qui elle disait :
« Tu me mets aux anges ». Une Albertine différente, non pas seulement dans le sens où nous
entendons le mot différent quand il s'agit des
autres. Si les autres sont différents de ce que
nous avons cru, cette différence ne nous atteignant

pas profondément, et le pendule de l'intuition ne pouvant projeter hors de lui qu'une oscillation égale à celle qu'il a exécutée dans le sens intérieur, ce n'est que dans les régions superficielles d'eux-mêmes que nous situons ces différences. Autrefois, quand j'apprenais qu'une femme aimait les femmes, elle ne me paraissait pas pour cela une femme autre, d'une essence particulière. Mais s'il s'agit d'une femme qu'on aime, pour se débarrasser de la douleur qu'on éprouve à l'idée que cela peut être, on cherche à savoir non seulement ce qu'elle a fait, mais ce qu'elle ressentait en le faisant, quelle idée elle avait de ce qu'elle faisait ; alors descendant de plus en plus avant, par la profondeur de la douleur, on atteint au mystère, à l'essence. Je souffrais jusqu'au fond de moi-même, jusque dans mon corps, dans mon cœur — bien plus que ne m'eût fait souffrir la peur de perdre la vie — de cette curiosité à laquelle collaboraient toutes les forces de mon intelligence et de mon inconscient ; et ainsi c'est dans les profondeurs mêmes d'Albertine que je projetais maintenant tout ce que j'apprenais d'elle. Et la douleur qu'avait ainsi fait pénétrer en moi à une telle profondeur la réalité du vice d'Albertine, me rendit bien plus tard un dernier office. Comme le mal que j'avais fait à ma grand'mère, le mal que m'avait fait Albertine fut un dernier lien entre elle et moi et qui survécut même au souvenir, car, avec la conservation d'énergie que possède tout ce qui est physique, la souffrance n'a

176

même pas besoin des leçons de la mémoire. Ainsi un homme qui a oublié les belles nuits passées au clair de lune dans les bois, souffre encore des rhumatismes qu'il y a pris. Ces goûts niés par elle et qu'elle avait, ces goûts dont la découverte était venue à moi, non dans un froid raisonnement mais dans la brûlante souffrance ressentie à la lecture de ces mots : « Tu me mets aux anges », souffrance qui leur donnait une particularité qualitative, ces goûts ne s'ajoutaient pas seulement à l'image d'Albertine comme s'ajoute au bernard-l'ermite la coquille nouvelle qu'il traîne après lui, mais bien plutôt comme un sel qui entre en contact avec un autre sel, en change la couleur, bien plus, la nature. Quand la petite blanchisseuse avait dû dire à ses petites amies : « Imaginez-vous, je ne l'aurais pas cru, eh bien, la demoiselle c'en est une aussi » pour moi ce n'était pas seulement un vice d'abord insoupçonné d'elles qu'elles ajoutaient à la personne d'Albertine, mais la découverte qu'elle était une autre personne, une personne comme elles, parlant la même langue, ce qui en la faisant compatriote d'autres, me la rendait encore plus étrangère à moi, prouvait que ce que j'avais eu d'elle, ce que je portais dans mon cœur, ce n'était qu'un tout petit peu d'elle, et que le reste qui prenait tant d'extension de ne pas être seulement cette chose si mystérieusement importante, un désir individuel, mais de lui être commune avec d'autres, elle me l'avait toujours caché, elle m'en avait tenu

à l'écart, comme une femme qui m'eût caché
qu'elle était d'un pays ennemi et espionne, et qui
même eût agi plus traîtreusement encore qu'une
espionne, car celle-ci ne trompe que sur sa natio-
nalité, tandis qu'Albertine c'était sur son humanité la plus profonde, sur ce qu'elle n'appartenait
pas à l'humanité commune, mais à une race
étrange qui s'y mêle, s'y cache et ne s'y fond
jamais. J'avais justement vu deux peintures
d'Elstir où dans un paysage touffu il y a des
femmes nues. Dans l'une d'elles, l'une des jeunes
filles lève le pied comme Albertine devait faire
quand elle l'offrait à la blanchisseuse. De l'autre
pied elle pousse à l'eau l'autre jeune fille qui gaiement résiste, la cuisse levée, son pied trempant
à peine dans l'eau bleue. Je me rappelais maintenant que la levée de la cuisse y faisait le même
méandre de cou de cygne avec l'angle du genou,
que faisait la chute de la cuisse d'Albertine
quand elle était à côté de moi sur le lit et j'avais
voulu souvent lui dire qu'elle me rappelait ces
peintures. Mais je ne l'avais pas fait pour ne pas
éveiller en elle l'image de corps nus de femmes.
Maintenant je la voyasi à côté de la blanchisseuse
et de ses amies, recomposer le groupe que j'avais
tant aimé quand j'étais assis au milieu des amies
d'Albertine à Balbec. Et si j'avais été un amateur
sensible à la seule beauté j'aurais reconnu qu'Albertine le recomposait mille fois plus beau, maintenant que les élément en étaient les statues nues
de déesses comme celles que les grands sculpteurs

éparpillaient à Versailles sous les bosquets ou
donnaient dans les bassins à laver et à polir aux
caresses du flot. Maintenant je la voyais à côté
de la blanchisseuse, jeunes filles au bord de
l'eau, dans leur double nudité de marbres féminins au milieu d'une touffe de végétations et
trempant dans l'eau comme des bas-reliefs nau-
tiques. Me souvenant de ce qu'Albertine était
sur mon lit, je croyais voir sa cuisse recourbée,
je la voyais, c'était un col de cygne, il cherchait
la bouche de l'autre jeune fille. Alors je ne voyais
même plus une cuisse, mais le col hardi d'un
cygne, comme celui qui dans une étude frémissante
cherche la bouche d'une Léda qu'on voit dans
toute la palpitation spécifique du plaisir féminin,
parce qu'il n'y a qu'un cygne et qu'elle semble plus
seule, de même qu'on découvre au téléphone les
inflexions d'une voix qu'on ne distingue pas tant
qu'elle n'est pas dissociée d'un visage où l'on
objective son expression. Dans cette étude le
plaisir au lieu d'aller vers la face qui l'inspire et
qui est absente, remplacée par un cygne inerte,
se concentre dans celle qui le ressent. Par instant
la communication était interrompue entre mon
cœur et ma mémoire. Ce qu'Albertine avait fait
avec la blanchisseuse ne m'était plus signifié que
par des abréviations quasi algébriques qui ne me
représentaient plus rien ; mais cent fois par heure
le courant interrompu était rétabli, et mon cœur
était brûlé sans pitié par un feu d'enfer, tandis
que je voyais Albertine ressuscitée par ma jalousie,

vraiment vivante, se raidir sous les caresses de la
petite blanchisseuse à qui elle disait : « Tu me
mets aux anges ». Comme elle était vivante au
moment où elle commettait ses fautes, c'est-à-
dire au moment où moi-même je me trouvais,
il ne suffisait pas de connaître cette faute, j'aurais
voulu qu'elle sût que je la connaissais. Aussi, si
dans ces moments-là je regrettais de penser que
je ne la reverrais jamais, ce regret portait la
marque de ma jalousie, et tout différent du regret
déchirant des moments où je l'aimais, n'était
que le regret de ne pas pouvoir lui dire : « Tu
croyais que je ne saurais jamais ce que tu as fait
après m'avoir quitté, eh bien je sais tout, la
blanchisseuse au bord de la Loire, tu lui disais :
« Tu me mets aux anges », j'ai vu la morsure. »
Sans doute je me disais : « Pourquoi me tourmen-
ter ? Celle qui a eu du plaisir avec la blanchisseuse
n'est plus rien, donc n'était pas une personne
dont les actions gardent de la valeur. Elle ne se
dit pas que je sais. Mais elle ne se dit pas non
plus que je ne sais pas puisqu'elle ne se dit rien. »
Mais ce raisonnement me persuadait moins que
la vue de son plaisir qui me ramenait au moment
où elle l'avait éprouvé. Ce que nous sentons
existe seul pour nous, et nous le projetons dans le
passé, dans l'avenir, sans nous laisser arrêter
par les barrières fictives de la mort. Si mon regret
qu'elle fût morte subissait dans ces moments-là
l'influence de ma jalousie et prenait cette forme
si particulière, cette influence s'étendait à mes

rêves d'occultisme, d'immortalité qui n'étaient
qu'un effort pour tâcher de réaliser ce que je
désirais. Aussi à ces moments-là si j'avais pu
réussir à l'évoquer en faisant tourner une table
comme autrefois Bergotte croyait que c'était possible, ou à la rencontrer dans l'autre vie comme le
pensait l'abbé X. je ne l'aurais souhaité que pour
lui répéter : « Je sais pour la blanchisseuse. Tu lui
disais : tu me mets aux anges, j'ai vu la morsure. »
Ce qui vint à mon secours contre cette image de
la blanchisseuse, ce fut — certes quand elle eut
un peu duré — cette image elle-même parce que
nous ne connaissons vraiment que ce qui est
nouveau, ce qui introduit brusquement dans notre
sensibilité un changement de ton qui nous frappe,
ce à quoi l'habitude n'a pas encore substitué ses
pâles fac-similés. Mais ce fut surtout ce fractionnement d'Albertine en de nombreux fragments,
en de nombreuses Albertines, qui était son seul
mode d'existence en moi. Des moments revinrent
où elle n'avait été que bonne, ou intelligente, ou
sérieuse, ou même aimant plus que tout les sports.
Et ce fractionnement, n'était-il pas au fond juste
qu'il me calmât ? Car s'il n'était pas en lui-
même quelque chose de réel, s'il tenait à la forme
successive des heures où elle m'était apparue
forme qui restait celle de ma mémoire comme la
courbure des projections de ma lanterne magique
tenait à la courbure des verres colorés, ne repré-
sentait-il pas à sa manière une vérité, bien objective celle-là, à savoir que chacun de nous n'est

pas un, mais contient de nombreuses personnes qui n'ont pas toutes la même valeur morale et que si Albertine vicieuse avait existé, cela n'empêchait pas qu'il y en eût eu d'autres, celle qui aimait à causer avec moi de Saint-Simon dans sa chambre, celle qui le soir où je lui avais dit qu'il fallait nous séparer avait dit si tristement : « Ce pianola, cette chambre, penser que je ne reverrai jamais tout cela » et, quand elle avait vu l'émotion que mon mensonge avait fini par me communiquer s'était écriée avec une pitié sincère : « Oh ! non, tout plutôt que de vous faire de la peine, c'est entendu je ne chercherai pas à vous revoir. » Alors je ne fus plus seul ; je sentis disparaître cette cloison qui nous séparait. Du moment que cette Albertine bonne était revenue, j'avais retrouvé la seule personne à qui je pusse demander l'antidote des souffrances qu'Albertine me causait. Certes je désirais toujours lui parler de l'histoire de la blanchisseuse, mais ce n'était plus en manière de cruel triomphe et pour lui montrer méchamment ce que je savais. Comme je l'aurais fait si Albertine avait été vivante, je lui demandai tendrement si l'histoire de la blanchisseuse était vraie. Elle me jura que non, qu'Aimé n'était pas très véridique et que, voulant paraître avoir bien gagné l'argent que je lui avais donné, il n'avait pas voulu revenir bredouille et avait fait dire ce qu'il avait voulu à la blanchisseuse. Sans doute Albertine n'avait cessé de me mentir. Pourtant dans le flux et le reflux de ses contradictions, je sentais qu'il y avait eu une certaine progression à moi due. Qu'elle ne m'eût même pas fait, au début, des confidences (peut-être, il est vrai, involontaires dans une phrase qui échappe) je n'en eusse pas juré. Je ne me rappelais plus. Et puis elle avait de si bizarres façons d'appeler certaines choses, que cela pouvait signifier cela ou non, mais le sentiment qu'elle avait eu de ma jalousie l'avait ensuite portée à rétracter avec horreur ce qu'elle avait d'abord complaisamment avoué. D'ailleurs Albertine n'avait même pas besoin de me dire cela. Pour être persuadé de son innocence il me suffisait de l'embrasser, et je le pouvais maintenant qu'était tombée la cloison qui nous séparait, pareille à celle impalpable et résistante qui après une brouille s'élève entre deux amoureux et contre laquelle se briseraient les baisers. Non, elle n'avait besoin de rien me dire. Quoi qu'elle eût fait, quoi qu'elle eût voulu la pauvre petite, il y avait des sentiments en lesquels, par-dessus ce qui nous divisait, nous pouvions nous unir. Si l'histoire était vraie, et si Albertine m'avait caché ses goûts, c'était pour ne pas me faire du chagrin. J'eus la douceur de l'entendre dire à cette Albertine-là. D'ailleurs en avais-je jamais connu une autre ? Les deux plus grandes causes d'erreur dans nos rapports avec un autre être sont, avoir soi-même bon cœur, ou bien, cet autre être, l'aimer. On aime sur un sourire, sur un regard, sur une épaule. Cela suffit ; alors dans les longues heures d'espé-

rance ou de tristesse, on fabrique une personne,
on compose un caractère. Et quand plus tard on
fréquente la personne aimée on ne peut pas plus,
devant quelque cruelle réalité qu'on soit placé,
ôter ce caractère bon, cette nature de femme nous
aimant, à l'être qui a tel regard, telle épaule,
que nous ne pouvons quand elle vieillit, ôter son
premier visage à une personne que nous connaissons depuis sa jeunesse. J'évoquai le beau regard
bon et pitoyable de cette Albertine-là, ses grosses
joues, son cou aux larges grains. C'était l'image
d'une morte, mais, comme cette morte vivait,
il me fut aisé de faire immédiatement ce que
j'eusse fait infailliblement si elle avait été auprès
de moi de son vivant (ce que je ferais si je devais
jamais la retrouver dans une autre vie), je lui
pardonnai.

Les instants que j'avais vécus auprès de cette
Albertine-là m'étaient si précieux que j'eusse
voulu n'en avoir laissé échapper aucun. Or parfois, comme on rattrape les bribes d'une fortune
dissipée, j'en retrouvais qui avaient semblé perdus : en nouant un foulard derrière mon cou au
lieu de devant, je me rappelai une promenade à
laquelle je n'avais jamais repensé et où, pour que
l'air froid ne pût pas venir sur ma gorge, Albertine
me l'avait arrangé de cette manière après m'avoir
embrassé. Cette promenade si simple, restituée
à ma mémoire par un geste si humble, me fit le
plaisir de ces objets intimes ayant appartenu à
une morte chérie que nous rapporte la vieille

femme de chambre et qui ont tant de prix pour
nous ; mon chagrin s'en trouvait enrichi, et d'autant plus que ce foulard je n'y avais jamais
repensé.

Maintenant Albertine, lâchée de nouveau, avait
repris son vol ; des hommes, des femmes la sui-
vaient. Elle vivait en moi. Je me rendais compte
que ce grand amour prolongé pour Albertine,
était comme l'ombre du sentiment que j'avais
eu pour elle, en reproduisait les diverses parties
et obéissait aux mêmes lois que la réalité sentimentale qu'il reflétait au delà de la mort. Car je
sentais bien que si je pouvais entre mes pensées
pour Albertine mettre quelque intervalle, d'autre
part, si j'en avais mis trop, je ne l'aurais plus
aimée ; elle me fût par cette coupure devenue
indifférente, comme me l'était maintenant ma
grand'mère. Trop de temps passé sans penser à
elle eût rompu dans mon souvenir la continuité
qui est le principe même de la vie, qui pourtant peut se ressaisir après un certain intervalle
de temps. N'en avait-il pas été ainsi de mon
amour pour Albertine quand elle vivait, lequel
avait pu se renouer après un assez long intervalle
dans lequel j'étais resté sans penser à elle ? Or
mon souvenir devait obéir aux mêmes lois, ne
pas pouvoir supporter de plus longs intervalles,
car il ne faisait, comme une aurore boréale, que
refléter après la mort d'Albertine le sentiment
que j'avais eu pour elle, il était comme l'ombre
de mon amour.

D'autres fois mon chagrin prenait tant de formes que parfois je ne le reconnaissais plus ; je souhaitais d'avoir un grand amour, je voulais chercher une personne qui vivrait auprès de moi, cela me semblait le signe que je n'aimais plus Albertine quand c'était celui que je l'aimais toujours ; car le besoin d'éprouver un grand amour n'était, tout autant que le désir d'embrasser les grosses joues d'Albertine, qu'une partie de mon regret. C'est quand je l'aurais oubliée, que je pourrais trouver plus sage, plus heureux de vivre sans amour. Ainsi le regret d'Albertine, parce que c'était lui qui faisait naître en moi le besoin d'une sœur, le rendait inassouvissable. Et au fur et à mesure que mon regret d'Albertine s'affaiblirait, le besoin d'une sœur, lequel n'était qu'une forme inconsciente de ce regret, deviendrait moins impérieux. Et pourtant ces deux reliquats de mon amour ne suivirent pas dans leur décroissance une marche également rapide. Il y avait des heures où j'étais décidé à me marier, tant le premier subissait une profonde éclipse, le second au contraire gardant une grande force. Et en revanche plus tard mes souvenirs jaloux s'étant éteints, tout d'un coup parfois une tendresse me remontait au cœur pour Albertine, et alors, pensant à mes amours pour d'autres femmes, je me disais qu'elle les aurait compris, partagés — et son vice devenait comme une cause d'amour. Parfois ma jalousie renaissait dans des moments où je ne me souvenais plus d'Albertine, bien que ce fût

d'elle alors que j'étais jaloux. Je croyais l'être
d'Andrée à propos de qui on m'apprit à ce moment-là une aventure qu'elle avait. Mais Andrée
n'était pour moi qu'un prête-nom, qu'un chemin
de raccord, qu'une prise de courant qui me reliait
indirectement à Albertine. C'est ainsi qu'en rêve
on donne un autre visage, un autre nom, à une
personne sur l'identité profonde de laquelle on
ne se trompe pas pourtant. En somme, malgré
les flux et les reflux qui contrariaient dans ces
cas particuliers cette loi générale, les sentiments
que m'avait laissés Albertine eurent plus de peine
à mourir que le souvenir de leur cause première.
Non seulement les sentiments, mais les sensations.
Différent en cela de Swann qui, lorsqu'il avait
commencé à ne plus aimer Odette, n'avait même
plus pu recréer en lui la sensation de son amour, je
me sentais encore revivant un passé qui n'était
plus que l'histoire d'un autre ; mon moi en quelque
sorte mi-partie, tandis que son extrémité supé-
rieure était déjà dure et refroidie, brûlait encore
à sa base chaque fois qu'une étincelle y refaisait
passer l'ancien courant, même quand depuis
longtemps mon esprit avait cessé de concevoir
Albertine. Et aucune image d'elle n'accompa-
gnant les palpitations cruelles, les larmes qu'apportaient à mes yeux un vent froid soufflant
comme à Balbec sur les pommiers déjà roses,
j'en arrivais à me demander si la renaissance de
ma douleur n'était pas due à des causes toutes
pathologiques et si ce que je prenais pour la revi-

viscence d'un souvenir et la dernière période d'un amour, n'était pas plutôt le début d'une maladie de cœur.

Il y a dans certaines affections des accidents secondaires que le malade est trop porté à confondre avec la maladie elle-même. Quand ils cessent, il est étonné de se trouver moins éloigné de la guérison qu'il n'avait cru. Telle avait été la souffrance causée — la complication amenée — par les lettres d'Aimé relativement à l'établissement de douches et à la petite blanchisseuse. Mais un médecin de l'âme qui m'eût visité eût trouvé que, pour le reste, mon chagrin lui-même allait mieux. Sans doute en moi, comme j'étais un homme, un de ces êtres amphibies qui sont simultanément plongés dans le passé et dans la réalité actuelle, il existait toujours une contradiction entre le souvenir vivant d'Albertine et la connaissance que j'avais de sa mort. Mais cette contradiction était en quelque sorte l'inverse de ce qu'elle était autrefois. L'idée qu'Albertine était morte, cette idée qui les premiers temps venait battre si furieusement en moi l'idée qu'elle était vivante, que j'étais obligé de me sauver devant elle comme les enfants à l'arrivée de la vague, cette idée de sa mort, à la faveur même de ces assauts incessants, avait fini par conquérir en moi la place qu'y occupait récemment encore l'idée de sa vie. Sans que je m'en rendisse compte, c'était maintenant cette idée de la mort d'Albertine — non plus le souvenir présent de sa vie —

188

qui faisait pour la plus grande partie le fond de mes inconscientes songeries, de sorte que si je les interrompais tout à coup pour réfléchir sur moi-même, ce qui me causait de l'étonnement ce n'était pas, comme les premiers jours, qu'Albertine si vivante en moi pût n'exister plus sur la terre, pût être morte, mais qu'Albertine, qui n'existait plus sur la terre, qui était morte, fût restée si vivante en moi. Maçonné par la contiguité des souvenirs qui se suivent l'un l'autre, le noir tunnel, sous lequel ma pensée rêvassait depuis trop longtemps pour qu'elle prît même plus garde à lui, s'interrompait brusquement d'un intervalle de soleil, laissant voir au loin un univers souriant et bleu où Albertine n'était plus qu'un souvenir indifférent et plein de charme. Est-ce celle-là, me disais-je, qui est la vraie, ou bien l'être qui, dans l'obscurité où je roulais depuis si longtemps, me semblait la seule réalité ? Le personnage que j'avais été il y a si peu de temps encore et qui ne vivait que dans la perpétuelle attente du moment où Albertine viendrait lui dire bonsoir et l'embrasser, une sorte de multiplication de moi-même me faisait paraître ce personnage comme n'étant plus qu'une faible partie, à demi dépouillée de moi, et comme une fleur qui s'entr'ouvre j'éprouvais la fraîcheur rajeunissante d'une exfoliation. Au reste ces brèves illuminations ne me faisaient peut-être que mieux prendre conscience de mon amour pour Albertine, comme il arrive pour toutes les idées trop constantes qui ont besoin d'une opposition pour s'affirmer. Ceux qui ont vécu pendant la guerre de 1870 par exemple disent que l'idée de la guerre avait fini par leur sembler naturelle non parce qu'ils ne pensaient pas assez à la guerre, mais parce qu'ils y pensaient toujours. Et pour comprendre combien c'est un fait étrange et considérable que la guerre, il fallait, quelque chose les arrachant à leur obsession permanente, qu'ils oubliassent un instant que la guerre régnait, se retrouvassent pareils à ce qu'ils étaient quand on était en paix, jusqu'à ce que tout à coup sur le blanc momentané se détachât enfin distincte la réalité monstrueuse que depuis longtemps ils avaient cessé de voir, ne voyant pas autre chose qu'elle.

Si encore ce retrait en moi des différents souvenirs d'Albertine s'était au moins fait, non pas par échelons, mais simultanément, également, de front, sur toute la ligne de ma mémoire, les souvenirs de ses trahisons s'éloignant en même temps que ceux de sa douceur, l'oubli m'eût apporté de l'apaisement. Il n'en était pas ainsi. Comme sur une plage où la marée descend irrégulièrement, j'étais assailli par la morsure de tel de mes soupçons, quand déjà l'image de sa douce présence était retirée trop loin de moi pour pouvoir m'apporter son remède. Pour les trahisons j'en avais souffert, parce qu'en quelque année lointaine qu'elles eussent eu lieu, pour moi elles n'étaient pas anciennes ; mais j'en souffris moins quand elles le devinrent, c'est-à-dire quand je me les représentai moins vivement, car l'éloignement d'une chose est proportionné plutôt à la puissance visuelle de la mémoire qui regarde, qu'à la distance réelle des jours écoulés, comme le souvenir d'un rêve de la dernière nuit qui peut nous paraître plus lointain dans son imprécision et son effacement, qu'un événement qui date de plusieurs années. Mais bien que l'idée de la mort d'Albertine fît des progrès en moi, le reflux de la sensation qu'elle était vivante, s'il ne les arrêtait pas, les contrecarrait cependant et empêchait qu'ils fussent réguliers. Et je me rends compte maintenant que pendant cette période là (sans doute à cause de cet oubli des heures où elle avait été cloîtrée chez moi, et qui, à force d'effacer chez moi la souffrance de fautes qui me semblaient presque indifférentes parce que je savais qu'elle ne les commettait pas, étaient devenues comme autant de preuves d'innocence), j'eus le martyre de vivre habituellement avec une idée tout aussi nouvelle que celle qu'Albertine était morte (jusque-là je partais toujours de l'idée qu'elle était vivante) avec une idée que j'aurais cru tout aussi impossible à supporter et qui, sans que je m'en aperçusse, formait peu à peu le fond de ma conscience, s'y substituait à l'idée qu'Albertine était innocente; c'était l'idée qu'elle était coupable. Quand je croyais douter d'elle, je croyais au contraire en elle ; de même je pris pour point de départ de mes autres idées, la certitude — souvent démentie comme l'avait été l'idée contraire — la certitude de sa culpabilité, tout en m'imaginant que je doutais encore. Je dus souffrir beaucoup pendant cette période-là, mais je me rends compte qu'il fallait que ce fût ainsi. On ne guérit d'une souffrance qu'à condition de l'éprouver pleinement En protégeant Albertine de tout contact, en me forgeant l'illusion qu'elle était innocente, aussi bien que plus tard en prenant pour base de mes raisonnements la pensée qu'elle vivait, je ne faisais que retarder l'heure de la guérison, parce que je retardais les longues heures qui devaient se dérouler préalablement à la fin des souffrances nécessaires. Or sur ces idées de la culpabilité d'Albertine, l'habitude, quand elle s'exercerait, le ferait suivant les mêmes lois que j'avais déjà éprouvées au cours de ma vie. De même que le nom de Guermantes avait perdu la signification et le charme d'une route bordée de fleurs aux grappes violettes et rougeâtres et du vitrail de Gilbert le Mauvais, la présence d'Albertine, celle des vallonnements bleus de la mer, les noms de Swann, du lift, de la princesse de Guermantes et de tant d'autres tout ce qu'ils avaient signifié pour moi, ce charme et cette signification laissant en moi un simple mot qu'ils trouvaient assez grand pour vivre tout seul, comme quelqu'un qui vient mettre en train un serviteur, le mettra au courant, et après quelques semaines se retire, de même la connaissance douloureuse de la culpabilité d'Albertine serait renvoyée hors de moi par l'habitude. D'ailleurs d'ici là, comme au cours d'une attaque faite de deux côtés à la fois, dans cette action de l'habitude deux alliés se prêteraient réciproquement main forte. C'est parce que cette idée de culpabilité d'Albertine deviendrait pour moi une idée plus probable, plus habituelle, qu'elle deviendrait moins douloureuse. Mais d'autre part, parce qu'elle serait moins douloureuse, les objections faites à la certitude de cette culpabilité et qui n'étaient inspirées à mon intelligence que par mon désir de ne pas trop souffrir tomberaient une à une, et chaque action précipitant l'autre, je passerais assez rapidement de la certitude de l'innocence d'Albertine à la certitude de sa culpabilité. Il fallait que je vécusse avec l'idée de la mort d'Albertine, avec l'idée de ses fautes, pour que ces idées me devinssent habituelles, c'est-à-dire pour que je pusse oublier ces idées et enfin oublier Albertine elle-même.

Je n'en étais pas encore là. Tantôt c'était ma mémoire rendue plus claire par une excitation intellectuelle, — telle une lecture, — qui renouvelait mon chagrin, d'autres fois c'était au contraire mon chagrin qui était soulevé par exemple par l'angoisse d'un temps orageux qui portait plus haut, plus près de la lumière, quelque souvenir de notre amour.

D'ailleurs ces reprises de mon amour pour Albertine morte pouvaient se produire après un intervalle d'indifférence semé d'autres curiosités,

193

comme après le long intervalle qui avait commencé
après le baiser refusé de Balbec et pendant lequel
je m'étais bien plus soucié de Mme de Guermantes,
d'Andrée, de Mlle de Stermaria ; il avait repris
quand j'avais recommencé à la voir souvent. Or
même maintenant des préoccupations différentes
pouvaient réaliser une séparation — d'avec une
morte, cette fois — où elle me devenait plus indifférente. Et même plus tard quand je l'aimai
moins, cela resta pourtant pour moi un de ces
désirs dont on se fatigue vite, mais qui reprennent quand on les a laissés reposer quelque
temps. Je poursuivais une vivante, puis une
autre, puis je revenais à ma morte. Souvent
c'était dans les parties les plus obscures de moi-
même, quand je ne pouvais plus me former
aucune idée nette d'Albertine, qu'un nom venait
par hasard exciter chez moi des réactions douloureuses que je ne croyais plus possibles, comme
ces mourants chez qui le cerveau ne pense plus
et dont on fait se contracter un membre en y
enfonçant une aiguille. Et, pendant de longues
périodes, ces excitations se trouvaient m'arriver
si rarement que j'en venais à rechercher moi-
même les occasions d'un chagrin, d'une crise de
jalousie, pour tâcher de me rattacher au passé,
de mieux me souvenir d'elle. Comme le regret
d'une femme n'est qu'un amour reviviscent et
reste soumis aux mêmes lois que lui, la puissance
de mon regret était accrue par les mêmes causes
qui du vivant d'Albertine eussent augmenté mon

amour pour elle et au premier rang desquelles
avaient toujours figuré la jalousie et la douleur.
Mais le plus souvent ces occasions — car une
maladie, une guerre, peuvent durer bien au delà
de ce que la sagesse la plus prévoyante avait
supputé — naissaient à mon insu et me causaient
des chocs si violents que je songeais bien plus
à me protéger contre la souffrance qu'à leur
demander un souvenir.

D'ailleurs un mot n'avait même pas besoin,
comme Chaumont, de se rapporter à un soupçon
(même une syllabe commune à deux noms différents suffisait à ma mémoire — comme à un
électricien qui se contente du moindre corps
bon conducteur — pour rétablir le contact entre
Albertine et mon cœur) pour qu'il réveillât ce
soupçon, pour être le mot de passe, le magnifique
sésame entr'ouvrant la porte d'un passé dont
on ne tenait plus compte parce que, ayant assez
de le voir, à la lettre on ne le possédait plus ;
on avait été diminué de lui, on avait cru de par
cette ablation sa propre personnalité changée en
sa forme, comme une figure qui perdrait avec un
angle un côté ; certaines phrases par exemples où
il y avait le nom d'une rue, d'une route, où Albertine avait pu se trouver, suffisaient pour incarner
une jalousie virtuelle, inexistante, à la recherche
d'un corps, d'une demeure, de quelque fixa-
tion matérielle, de quelque réalisation particulière. Souvent c'était tout simplement pendant
mon sommeil que par ces « reprises », ces « da capo »

du rêve qui tournent d'un seul coup plusieurs
pages de la mémoire, plusieurs feuillets du calen-
drier, me ramenaient, me faisaient rétrograder
à une impression douloureuse mais ancienne, qui
depuis longtemps avait cédé la place à d'autres
et qui redevenait présente. D'habitude, elle
s'accompagnait de toute une mise en scène maladroite, mais saisissante qui, me faisant illusion,
mettait sous mes yeux, faisait entendre à mes
oreilles ce qui désormais datait de cette nuit-là.
D'ailleurs dans l'histoire d'un amour et de ses
luttes contre l'oubli, le rêve ne tient-il pas une
place plus grande même que la veille, lui qui ne
tient pas compte des divisions infinitésimales du
temps, supprime les transitions, oppose les grands
contrastes, défait en un instant le travail de
consolation si lentement tissé pendant le jour et
nous ménage, la nuit, une rencontre avec celle
que nous aurions fini par oublier à condition
toutefois de ne pas la revoir ? Car quoi qu'on dise,
nous pouvons avoir parfaitement en rêve l'impression que ce qui se passe est réel. Cela ne serait
impossible que pour des raisons tirées de notre
expérience qui à ce moment-là nous est cachée.
De sorte que cette vie invraisemblable nous semble
vraie. Parfois, par un défaut d'éclairage intérieur
lequel, vicieux, faisait manquer la pièce, mes souvenirs bien mis en scène me donnant l'illusion
de la vie, je croyais vraiment avoir donné rendez-
vous à Albertine, la retrouver ; mais alors je me
sentais incapable de marcher vers elle, de proférer

les mots que je voulais lui dire, de rallumer pour
la voir le flambeau qui s'était éteint, impossibi-
lités qui étaient simplement dans mon rêve l'immo-
bilité, le mutisme, la cécité du dormeur — comme
brusquement on voit dans la projection manquée
d'une lanterne magique une grande ombre, qui
devrait être cachée, effacer la silhouette des personnages et qui est celle de la lanterne elle-même,
ou celle de l'opérateur. D'autres fois Albertine se
trouvait dans mon rêve, et voulait de nouveau
me quitter, sans que sa résolution parvînt à
m'émouvoir. C'est que de ma mémoire avait pu
filtrer dans l'obscurité de mon sommeil un rayon
avertisseur et ce qui logé en Albertine ôtait à ses
actes futurs, au départ qu'elle annonçait, toute
importance, c'était l'idée qu'elle était morte.
Souvent ce souvenir qu'Albertine était morte se
combinait sans la détruire avec la sensation
qu'elle était vivante. Je causais avec elle ; pendant que je parlais, ma grand'mère allait et
venait dans le fond de la chambre. Une partie
de son menton était tombé en miettes comme
un marbre rongé, mais je ne trouvais à cela rien
d'extraordinaire. Je disais à Albertine que j'aurais
des questions à lui poser relativement à l'établissement de douches de Balbec et à une certaine
blanchisseuse de Touraine, mais je remettais cela
à plus tard puisque nous avions tout le temps et
que rien ne pressait plus. Elle me promettait
qu'elle ne faisait rien de mal et qu'elle avait
seulement la veille embrassé sur les lèvres Mlle Vin-

teuil. « Comment ? elle est ici ? — Oui, il est
même temps que je vous quitte, car je dois aller
la voir tout à l'heure. » Et comme, depuis qu'Albertine était morte, je ne la tenais plus prisonnière
chez moi comme dans les derniers temps de sa
vie, sa visite à Mlle Vinteuil m'inquiétait. Je ne
voulais pas le laisser voir. Albertine me disait
qu'elle n'avait fait que l'embrasser, mais elle
devait recommencer à mentir comme au temps
où elle niait tout. Tout à l'heure elle ne se conten-
terait probablement pas d'embrasser Mlle Vinteuil. Sans doute à un certain point de vue j'avais
tort de m'en inquiéter ainsi, puisque, à ce qu'on
dit, les morts ne peuvent rien sentir, rien faire.
On le dit, mais cela n'empêchait pas que ma
grand'mère qui était morte continuait pourtant,
à vivre depuis plusieurs années, et en ce moment
allait et venait dans la chambre. Et sans doute,
une fois que j'étais réveillé, cette idée d'une morte
qui continue à vivre aurait dû me devenir aussi
impossible à comprendre qu'elle me l'est à expliquer. Mais je l'avais déjà formée tant de fois au
cours de ces périodes passagères de folie que sont
nos rêves, que j'avais fini par me familiariser
avec elle ; la mémoire des rêves peut devenir
durable, s'ils se répètent assez souvent. Et longtemps après mon rêve fini, je restais tourmenté
de ce baiser qu'Albertine m'avait dit avoir donné
en des paroles que je croyais entendre encore. Et en
effet, elles avaient dû passer bien près de mes oreilles
puisque c'était moi-même qui les avais prononcées.

ALBERTINE DISPARUE

Toute la journée, je continuais à causer avec Albertine, je l'interrogeais, je lui pardonnais, je réparais l'oubli des choses que j'avais toujours voulu lui dire pendant sa vie. Et tout d'un coup j'étais effrayé de penser qu'à l'être invoqué par la mémoire à qui s'adressaient tous ces propos, aucune réalité ne correspondait plus, qu'étaient détruites les différentes parties du visage auxquelles la poussée continue de la volonté de vivre, aujourd'hui anéantie, avait seule donné l'unité d'une personne. D'autres fois, sans que j'eusse rêvé, dès mon réveil, je sentais que le vent avait tourné en moi ; il soufflait froid et continu d'une autre direction venue du fond du passé, me rapportant la sonnerie d'heures lointaines, des sifflements de départ que je n'entendais pas d'habitude. Un jour j'essayai de prendre un livre, un roman de Bergotte, que j'avais particulièrement aimé. Les personnages sympathiques m'y plaisaient beaucoup, et bien vite, repris par le charme du livre, je me mis à souhaiter comme un plaisir personnel que la femme méchante fût punie ; mes yeux se mouillèrent quand le bonheur des fiancés fut assuré. « Mais alors, m'écriai-je avec désespoir, de ce que j'attache tant d'importance à ce qu'a pu faire Albertine, je ne peux pas conclure que sa personnalité est quelque chose de réel qui ne peut être aboli, que je la retrouverai un jour pareille au ciel, si j'appelle de tant de vœux, attends avec tant d'impatience, accueille avec tant de larmes le succès d'une personne qui n'a jamais existé que dans l'imagination de Bergotte, que je n'ai jamais vue, dont je suis libre de me figurer à mon gré le visage ! » D'ailleurs, dans ce roman, il y avait des jeunes filles séduisantes, des correspondances amoureuses, des allées désertes où l'on se rencontre, cela me rappelait qu'on peut aimer clandestinement, cela réveillait ma jalousie, comme si Albertine avait encore pu se promener dans des allées désertes. Et il y était aussi question d'un homme qui revoit après cinquante ans une femme qu'il a aimée jeune, ne la reconnaît pas, s'ennuie auprès d'elle. Et cela me rappelait que l'amour ne dure pas toujours et me bouleversait comme si j'étais destiné à être séparé d'Albertine et à la retrouver avec indifférence dans mes vieux jours. Si j'apercevais une carte de France mes yeux effrayés s'arrangeaient à ne pas rencontrer la Touraine pour que je ne fusse pas jaloux, et, pour que je ne fusse pas malheureux, la Normandie où étaient marqués au moins Balbec et Doncières, entre lesquels je situais tous ces chemins que nous avions couverts tant de fois ensemble. Au milieu d'autres noms de villes ou de villages de France, noms qui n'étaient que visibles ou audibles, le nom de Tours par exemple semblait composé différemment, non plus d'images immatérielles, mais de substances vénéneuses qui agissaient de façon immédiate sur mon cœur dont elles accéléraient et rendaient douloureux les battements. Et si cette force s'étendait jusqu'à certains noms, devenus par elle si différents des autres, comment en restant plus près de moi, en me bornant à Albertine elle-même, pouvais-je m'étonner, qu'émanant d'une fille probablement pareille à toute autre, cette force irrésistible sur moi, et pour la production de laquelle n'importe quelle autre femme eût pu servir, eût été le résultat d'un enchevêtrement et de la mise en contact de rêves, de désirs, d'habitudes, de tendresses, avec l'interférence requise de souffrances et de plaisirs alternés ? Et cela continuait après sa mort, la mémoire suffisant à entretenir la vie réelle, qui est mentale. Je me rappelais Albertine descendant de wagon et me disant qu'elle avait envie d'aller à Saint-Martin le Vêtu, et je la revoyais aussi avec son polo abaissé sur ses joues, je retrouvais des possibilités de bonheur, vers lesquelles je m'élançais me disant : « Nous aurions pu aller ensemble jusqu'à Incarville, jusqu'à Doncières. » Il n'y avait pas une station près de Balbec où je ne la revisse, de sorte que cette terre, comme un pays mythologique conservé, me rendait vivantes et cruelles les légendes les plus anciennes, les plus charmantes, les plus effacées par ce qui avait suivi de mon amour. Ah ! quelle souffrance s'il me fallait jamais coucher à nouveau dans ce lit de Balbec autour du cadre de cuivre duquel, comme autour d'un pivot immuable, d'une barre fixe, s'était déplacée, avait évolué ma vie, appuyant successivement à lui de gaies conversations avec ma grand' mère, l'horreur de sa mort, les douces caresses d'Albertine, la découverte de son vice, et maintenant une vie nouvelle où, apercevant les bibliothèques vitrées où se reflétait la mer, je savais qu'Albertine n'entrerait jamais plus ! N'était-il pas, cet hôtel de Balbec, comme cet unique décor de maison des théâtres de province, où l'on joue depuis des années les pièces les plus différentes, qui a servi pour une comédie, pour une première tragédie, pour une deuxième, pour une pièce purement poétique, cet hôtel qui remontait déjà assez loin dans mon passé. Le fait que cette seule partie restât toujours la même, avec ses murs, ses bibliothèques, sa glace, au cours de nouvelles époques de ma vie, me faisait mieux sentir que dans le total, c'était le reste, c'était moi-même qui avais changé, et me donnait ainsi cette impression que les mystères de la vie, de l'amour, de la mort, auxquels les enfants croient dans leur optimisme ne pas participer, ne sont pas des parties réservées, mais qu'on s'aperçoit avec une douloureuse fierté qu'ils ont fait corps au cours des années avec notre propre vie.

J'essayais parfois de prendre les journaux. Mais la lecture m'en était odieuse, et de plus elle n'était pas inoffensive. En effet, en nous de chaque idée, comme d'un carrefour dans une forêt, partent tant de routes différentes, qu'au moment où je m'y attendais le moins je me trouvais devant un nouveau souvenir. Le titre de la mélodie de Fauré *le Secret* m'avait mené au « secret du Roi » du duc de Broglie, le nom de Broglie à celui

de Chaumont, ou bien le mot de Vendredi Saint
m'avait fait penser au Golgotha, le Golgotha à
l'étymologie de ce mot qui paraît l'équivalent de
Calvus mons, Chaumont. Mais, par quelque chemin
que je fusse arrivé à Chaumont, à ce moment j'étais
frappé d'un choc si cruel que dès lors je ne pensais plus qu'à me garer contre la douleur. Quelques
instants après le choc, l'intelligence qui comme
le bruit du tonnerre, ne voyage pas aussi vite,
m'en apportait la raison. Chaumont m'avait fait
penser aux Buttes-Chaumont où Mme Bontemps
m'avait dit qu'Andrée allait souvent avec Albertine, tandis qu'Albertine m'avait dit n'avoir
jamais vu les Buttes-Chaumont. A partir d'un
certain âge nos souvenirs sont tellement entrecroisés les uns avec les autres que la chose à
laquelle on pense, le livre qu'on lit n'a presque
plus d'importance. On a mis de soi-même partout,
tout est fécond, tout est dangereux, et on peut
faire d'aussi précieuses découvertes que dans les
Pensées de Pascal dans une réclame pour un
savon.

Sans doute un fait comme celui des Buttes-
Chaumont qui à l'époque m'avait paru futile,
était en lui-même, contre Albertine, bien moins
grave, moins décisif que l'histoire de la doucheuse
ou de la blanchisseuse. Mais d'abord un souvenir
qui vient fortuitement à nous trouve en nous une
puissance intacte d'imaginer, c'est-à-dire dans
ce cas de souffrir, que nous avons usée en partie
quand c'est nous au contraire qui avons volon-

tairement appliqué notre esprit à recréer un souvenir. Mais ces derniers (les souvenirs concernant la
doucheuse et la blanchisseuse) toujours présents
quoique obscurcis dans ma mémoire, comme ces
meubles placés dans la pénombre d'une galerie et
auxquels, sans les distinguer on évite pourtant de
se cogner, je m'étais habitué à eux. Au contraire il
y avait longtemps que je n'avais pensé aux Buttes-
Chaumont, ou par exemple au regard d'Albertine
dans la glace du casino de Balbec, ou au retard
inexpliqué d'Albertine le soir où je l'avais tant
attendue après la soirée Guermantes, à toutes
ces parties de sa vie qui restaient hors de mon
cœur et que j'aurais voulu connaître pour qu'elles
pussent s'assimiler, s'annexer à lui, y rejoindre
les souvenirs plus doux qu'y formaient une Albertine intérieure et vraiment possédée. Soulevant
un coin du voile lourd de l'habitude (l'habitude
abêtissante qui pendant tout le cours de notre
vie nous cache à peu près tout l'univers, et dans
une nuit profonde, sous leur étiquette inchangée,
substitue aux poisons les plus dangereux ou les
plus enivrants de la vie, quelque chose d'anodin
qui ne procure pas de délices), un tel souvenir me
revenait comme au premier jour avec cette fraîche
et perçante nouveauté d'une saison reparaissante,
d'un changement dans la routine de nos heures,
qui, dans le domaine des plaisirs aussi, si nous
montons en voiture par un premier beau jour de
printemps, ou sortons de chez nous au lever du
soleil, nous font remarquer nos actions insigni-

fiantes avec une exaltation lucide qui fait préva-
loir cette intense minute sur le total des jours
antérieurs. Je me retrouvais au sortir de la soirée
chez la princesse de Guermantes attendant l'arrivée d'Albertine. Les jours anciens recouvrent
peu à peu ceux qui les ont précédés, sont eux-
mêmes ensevelis sous ceux qui les suivent. Mais
chaque jour ancien est resté déposé en nous, comme
dans une bibliothèque immense où il y a de
plus vieux livres, un exemplaire que sans doute
personne n'ira jamais demander. Pourtant que
ce jour ancien, traversant la translucidité des
époques suivantes, remonte à la surface et s'étende
en nous qu'il couvre tout entier, alors pendant
un moment, les noms reprennent leur ancienne
signification, les êtres leur ancien visage, nous
notre âme d'alors, et nous sentons, avec une
souffrance vague mais devenue supportable et
qui ne durera pas, les problèmes devenus depuis
longtemps insolubles et qui nous angoissaient tant
alors. Notre moi est fait de la superposition de
nos états successifs. Mais cette superposition n'est
pas immuable comme la stratification d'une
montagne. Perpétuellement des soulèvements font
affleurer à la surface des couches anciennes. Je
me retrouvais après la soirée chez la princesse
de Guermantes, attendant l'arrivée d'Albertine.
Qu'avait-elle fait cette nuit-là ? M'avait-elle
trompé ? Avec qui ? Les révélations d'Aimé,
même si je les acceptais, ne diminuaient en rien
pour moi l'intérêt anxieux, désolé, de cette ques-

tion inattendue, comme si chaque Albertine différente, chaque souvenir nouveau, posait un problème de jalousie particulier, auquel les solutions des autres ne pouvaient pas s'appliquer. Mais je n'aurais pas voulu savoir seulement avec quelle femme elle avait passé cette nuit là, mais quel plaisir particulier cela lui représentait, ce qui se passait à ce moment-là en elle. Quelquefois à Balbec Françoise était allée la chercher, m'avait dit l'avoir trouvée penchée à sa fenêtre, l'air inquiet, chercheur, comme si elle attendait quelqu'un. Mettons que j'apprisse que la jeune fille attendue était Andrée, quel était l'état d'esprit dans lequel Albertine l'attendait, cet état d'esprit caché derrière le regard inquiet et chercheur ? Ce goût, quelle importance avait-il pour Albertine ? quelle place tenait-il dans ses préoccupations ? Hélas, en me rappelant mes propres agitations, chaque fois que j'avais remarqué une jeune fille qui me plaisait, quelquefois seulement quand j'avais entendu parler d'elle sans l'avoir vue, mon souci de me faire beau, d'être avantagé, mes sueurs froides, je n'avais pour me torturer qu'à imaginer ce même voluptueux émoi chez Albertine. Et déjà c'était assez pour me torturer, pour me dire qu'à côté de cela des conversations sérieuses avec moi sur Stendhal et Victor Hugo avaient dû bien peu peser pour elle, pour sentir son cœur attiré vers d'autres êtres, se détacher du mien, s'incarner ailleurs. Mais l'importance même que ce désir devait avoir pour elle et les réserves qui se formaient autour de lui ne pouvaient pas me révéler ce que, qualitativement, il était, bien plus, comment elle le qualifiait quand elle s'en parlait à elle-même. Dans la souffrance physique au moins nous n'avons pas à choisir nous-mêmes notre douleur. La maladie la détermine et nous l'impose. Mais dans la jalousie il nous faut essayer en quelque sorte des souffrances de tout genre et de toute grandeur, avant de nous arrêter à celle qui nous paraît pouvoir convenir. Et quelle difficulté plus grande, quand il s'agit d'une souffrance comme de sentir celle qu'on aimait éprouvant du plaisir avec des êtres différents de nous qui lui donnent des sensations que nous ne sommes pas capables de lui donner, ou qui du moins par leur configuration, leur aspect, leurs façons, lui représentent tout autre chose que nous. Ah ! qu'Albertine n'avait-elle aimé Saint-Loup ! comme il me semble que j'eusse moins souffert ! Certes nous ignorons la sensibilité particulière de chaque être, mais d'habitude nous ne savons même pas que nous l'ignorons, car cette sensibilité des autres nous est indifférente. Pour ce qui concernait Albertine, mon malheur ou mon bonheur eût dépendu de ce qu'était cette sensibilité ; je savais bien qu'elle m'était inconnue, et qu'elle me fût inconnue m'était déjà une douleur. Les désirs, les plaisirs inconnus que ressentait Albertine, une fois j'eus l'illusion de les voir quand quelque temps après la mort d'Albertine, Andrée vint chez moi.

Pour la première fois elle me semblait belle, je me disais que ces cheveux presque crépus, ces yeux sombres et cernés, c'était sans doute ce qu'Albertine avait tant aimé, la matérialisation devant moi de ce qu'elle portait dans sa rêverie amoureuse, de ce qu'elle voyait par les regards anticipateurs du désir le jour où elle avait voulu si précipitamment revenir de Balbec.

Comme une sombre fleur inconnue qui m'était par delà le tombeau rapportée des profondeurs d'un être où je n'avais pas su la découvrir, il me semblait, exhumation inespérée d'une relique inestimable, voir devant moi le désir incarné d'Albertine qu'Andrée était pour moi, comme Vénus était le désir de Jupiter. Andrée regrettait Albertine, mais je sentis tout de suite qu'elle ne lui manquait pas. Éloignée de force de son amie par la mort, elle semblait avoir pris aisément son parti d'une séparation définitive que je n'eusse pas osé lui demander quand Albertine était vivante, tant j'aurais craint de ne pas arriver à obtenir le consentement d'Andrée. Elle semblait au contraire accepter sans difficulté ce renoncement, mais précisément au moment où il ne pouvait plus me profiter. Andrée m'abandonnait Albertine, mais morte, et ayant perdu pour moi non seulement sa vie mais rétrospectivement un peu de sa réalité, puisque je voyais qu'elle n'était pas indispensable, unique pour Andrée qui avait pu la remplacer par d'autres.

Du vivant d'Albertine, je n'eusse pas osé

demander à Andrée des confidences sur le caractère de leur amitié entre elles et avec l'amie de
Mlle Vinteuil, n'étant pas certain sur la fin qu'Andrée ne répétât pas à Albertine tout ce que je
lui disais. Maintenant un tel interrogatoire, même
s'il devait être sans résultat, serait au moins sans
danger. Je parlai à Andrée non sur un ton inter-
rogatif mais comme si je l'avais su de tout temps,
peut-être par Albertine, du goût qu'elle-même
Andrée avait pour les femmes et de ses propres
relations avec Mlle Vinteuil. Elle avoua tout cela
sans aucune difficulté, en souriant. De cet aveu,
je pouvais tirer de cruelles conséquences ; d'abord
parce qu'Andrée, si affectueuse et coquette avec
bien des jeunes gens à Balbec, n'aurait donné lieu
pour personne à la supposition d'habitudes qu'elle
ne niait nullement, de sorte que par voie d'ana-
logie, en découvrant cette Andrée nouvelle, je
pouvais penser qu'Albertine les eût confessées
avec la même facilité à tout autre qu'à moi
qu'elle sentait jaloux. Mais d'autre part, Andrée
ayant été la meilleure amie d'Albertine, et celle pour
laquelle celle-ci était probablement revenue exprès
de Balbec, maintenant qu'Andrée avait ces goûts,
la conclusion qui devait s'imposer à mon esprit
était qu'Albertine et Andrée avaient toujours eu
des relations ensemble. Certes, comme en présence
d'une personne étrangère on n'ose pas toujours
prendre connaissance du présent qu'elle vous
remet, et dont on ne défera l'enveloppe que
quand ce donataire sera parti, tant qu'Andrée

fut là je ne rentrai pas en moi-même pour y
examiner la douleur qu'elle m'apportait, et que
je sentais bien causer déjà à mes serviteurs physiques, les nerfs, le cœur, de grands troubles dont
par bonne éducation je feignais de ne pas m'apercevoir, parlant au contraire le plus gracieusement
du monde avec la jeune fille que j'avais pour
hôte sans détourner mes regards vers ces incidents
intérieurs. Il me fut particulièrement pénible
d'entendre Andrée me dire en parlant d'Albertine : « Ah ! oui, elle aimait bien qu'on alla se
promener dans la vallée de Chevreuse. » A l'univers
vague et inexistant où se passaient les promenades
d'Albertine et d'Andrée, il me semblait que celle-ci
venait par une création postérieure et diabolique
d'ajouter une vallée maudite. Je sentais qu'Andrée
allait me dire tout ce qu'elle faisait avec Albertine, et, tout en essayant par politesse, par habileté, par amour-propre, peut-être par reconnais-
sance, de me montrer de plus en plus affectueux,
tandis que l'espace que j'avais pu concéder encore
à l'innocence d'Albertine se rétrécissait de plus
en plus, il me semblait m'apercevoir que malgré
mes efforts, je gardais l'aspect figé d'un animal
autour duquel un cercle progressivement resserré
est lentement décrit par l'oiseau fascinateur qui
ne se presse pas parce qu'il est sûr d'atteindre
quand il le voudra la victime qui ne lui échappera
plus. Je la regardais pourtant, et avec ce qui reste
d'enjouement, de naturel et d'assurance aux
personnes qui veulent faire semblant de ne pas

craindre qu'on les hypnotise en les fixant, je dis
à Andrée cette phrase incidente : « Je ne vous en
avais jamais parlé de peur de vous fâcher, mais
maintenant qu'il nous est doux de parler d'elle,
je puis bien vous dire que je savais depuis bien
longtemps les relations de ce genre que vous
aviez avec Albertine. D'ailleurs cela vous fera
plaisir quoique vous le sachiez déjà ; Albertine
vous adorait. » Je dis à Andrée que c'eût été une
grande curiosité pour moi si elle avait voulu me
laisser la voir, même simplement en se bornant
à des caresses qui ne la gênassent pas trop devant
moi, faire cela avec celles des amies d'Albertine
qui avaient ces goûts, et je nommai Rosemonde,
Berthe, toutes les amies d'Albertine, pour savoir.
« Outre que pour rien au monde je ne ferais ce
que vous dites devant vous, me répondit Andrée,
je ne crois pas qu'aucune de celles que vous dites
ait ces goûts. » Me rapprochant malgré moi du
monstre qui m'attirait, je répondis : « Comment !
vous n'allez pas me faire croire que de toute
votre bande il n'y avait qu'Albertine avec qui
vous fissiez cela ! — Mais je ne l'ai jamais fait
avec Albertine. — Voyons, ma petite Andrée,
pourquoi nier des choses que je sais depuis au
moins trois ans, je n'y trouve rien de mal, au
contraire. Justement à propos du soir où elle
voulait tant aller le lendemain avec vous chez
Mme Verdurin, vous vous souvenez peut-être... »
Avant que j'eusse terminé ma phrase, je vis dans
les yeux d'Andrée, qu'il faisait pointus comme

ces pierres qu'à cause de cela les joailliers ont de
la peine à employer, passer un regard préoccupé,
comme ces têtes de privilégiés qui soulèvent un
coin du rideau avant qu'une pièce soit commencée
et qui se sauvent aussitôt pour ne pas être aperçus.
Ce regard inquiet disparut, tout était rentré dans
l'ordre, mais je sentais que tout ce que je verrais
maintenant ne serait plus qu'arrangé facticement
pour moi. A ce moment je m'aperçus dans la
glace ; je fus frappé d'une certaine ressemblance
entre moi et Andrée. Si je n'avais pas cessé depuis
longtemps de me raser et que je n'eusse eu qu'une
ombre de moustache, cette ressemblance eût été
presque complète. C'était peut-être en regardant,
à Balbec, ma moustache qui repoussait à peine,
qu'Albertine avait subitement eu ce désir impatient, furieux de revenir à Paris. « Mais je ne peux
pourtant pas dire ce qui n'est pas vrai, pour la
simple raison que vous ne le trouveriez pas mal.
Je vous jure que je n'ai jamais rien fait avec
Albertine, et j'ai la conviction qu'elle détestait
ces choses-là. Les gens qui vous ont dit cela vous
ont menti, peut-être dans un but intéressé », me
dit-elle d'un air interrogateur et méfiant. « Enfin
soit, puisque vous ne voulez pas me le dire »,
répondis-je. Je préférais avoir l'air de ne pas
vouloir donner une preuve que je ne possédais
pas. Pourtant je prononçai vaguement et à tout
hasard le nom des Buttes-Chaumont. « J'ai pu
aller aux Buttes-Chaumont avec Albertine, mais
est-ce un endroit qui a quelque chose de particu-

lièrement mal ? » Je lui demandai si elle ne pourrait pas en parler à Gisèle qui à une certaine époque avait intimement connu Albertine. Mais Andrée me déclara qu'après une infamie que venait de lui faire dernièrement Gisèle, lui demander un service était la seule chose qu'elle refuserait toujours de faire pour moi. « Si vous la voyez, ajouta-t-elle, ne lui dites pas ce que je vous ai dit d'elle, inutile de m'en faire une ennemie. Elle sait ce que je pense d'elle, mais j'ai toujours mieux aimé éviter avec elle les brouilles violentes qui n'amènent que des raccommodements. Et puis elle est dangereuse. Mais vous comprenez que quand on a lu la lettre que j'ai eue il y a huit jours sous les yeux et où elle mentait avec une telle perfidie, rien, même les plus belles actions du monde, ne peut effacer le souvenir de cela. » En somme si Andrée ayant ces goûts au point de ne s'en cacher nullement, et Albertine ayant eu pour elle la grande affection que très certainement elle avait, malgré cela Andrée n'avait jamais eu de relations charnelles avec Albertine et avait toujours ignoré qu'Albertine eût de tels goûts, c'est qu'Albertine ne les avait pas, et n'avait eu avec personne, les relations que plus qu'avec aucune autre elle aurait eues avec Andrée. Aussi quand Andrée fut partie, je m'aperçus que son affirmation si nette m'avait apporté du calme. Mais peut-être était-elle dictée par le devoir, auquel Andrée se croyait obligée envers la morte dont le souvenir existait encore en elle, de ne pas laisser croire ce qu'Albertine lui avait sans doute, pendant sa vie, demandé de nier.

Les romanciers prétendent souvent dans une introduction qu'en voyageant dans un pays ils ont rencontré quelqu'un qui leur a raconté la vie d'une personne. Ils laissent alors la parole à cet ami de rencontre, et le récit qu'il leur fait, c'est précisément leur roman. Ainsi la vie de Fabrice del Dongo fut racontée à Stendhal par un chanoine de Padoue. Combien nous voudrions quand, nous aimons, c'est-à-dire quand l'existence d'une autre personne nous semble mystérieuse, trouver un tel narrateur informé ! Et certes il existe. Nous-même, ne racontons-nous pas souvent, sans aucune passion, la vie de telle ou telle femme, à un de nos amis, ou à un étranger, qui ne connaissait rien de ses amours et nous écoute avec curiosité ? L'homme que j'étais quand je parlais à Bloch de la princesse de Guermantes, de Mme Swann, cet être-là existait qui eût pu me parler d'Albertine, cet être-là existe toujours... mais nous ne le rencontrons jamais. Il me semblait que, si j'avais pu trouver des femmes qui l'eussent connue, j'eusse appris tout ce que j'ignorais. Pourtant à des étrangers, il eût dû sembler que personne autant que moi ne pouvait connaître sa vie. Même ne connaissais-je pas sa meilleure amie, Andrée ? C'est ainsi que l'on croit que l'ami d'un ministre doit savoir la vérité sur certaines affaires ou ne pourra pas être impliqué dans un procès. Seul à l'user, l'ami a appris que chaque fois qu'il parlait politique au ministre, celui-ci restait dans des généralités et lui disait tout au plus ce qu'il y avait dans les journaux, ou que s'il a eu quelque ennui, ses démarches multipliées auprès du ministre ont abouti chaque fois à un « ce n'est pas en mon pouvoir » sur lequel l'ami est lui-même sans pouvoir. Je me disais : « Si j'avais pu connaître tels témoins ! » desquels, si je les avais connus, je n'aurais probablement pas pu obtenir plus que d'Andrée, dépositaire elle-même d'un secret qu'elle ne voulait pas livrer. Différant en cela encore de Swann qui, quand il ne fut plus jaloux, cessa d'être curieux de ce qu'Odette avait pu faire avec Forcheville, même après ma jalousie passée connaître la blanchisseuse d'Albertine, des personnes de son quartier, y reconstituer sa vie, ses intrigues, cela seul avait du charme pour moi. Et comme le désir vient toujours d'un prestige préalable, comme il était advenu pour Gilberte, pour la duchesse de Guermantes, ce furent dans ces quartiers où avait autrefois vécu Albertine, les femmes de son milieu que je recherchai et dont seules j'eusse pu désirer la présence. Même sans rien pouvoir en apprendre, c'étaient les seules femmes vers lesquelles je me sentais attiré, étant celles qu'Albertine avait connues ou qu'elle aurait pu connaître, femmes de son milieu ou des milieux où elle se plaisait, en un mot celles qui avaient pour moi le prestige de lui ressembler ou d'être de celles qui lui eussent plu. Me rappelant ainsi soit Albertine elle-même, soit le type pour lequel elle avait sans doute une préférence, ces femmes éveillaient en moi un sentiment cruel de jalousie ou de regret, qui plus tard quand mon chagrin s'apaisa se mua en une curiosité non exempte de charme. Et parmi ces dernières surtout les filles du peuple, à cause de cette vie, si différente de celle que je connaissais, et qui est la leur. Sans doute c'est seulement par la pensée qu'on possède des choses, et on ne possède pas un tableau parce qu'on l'a dans sa salle à manger si on ne sait pas le comprendre, ni un pays parce qu'on y réside sans même le regarder. Mais enfin j'avais autrefois l'illusion de ressaisir Balbec, quand à Paris Albertine venait me voir et que je la tenais dans mes bras. De même je prenais un contact, bien étroit et furtif d'ailleurs, avec la vie d'Albertine, l'atmosphère des ateliers, une conversation de comptoir, l'âme des taudis, quand j'embrassais une ouvrière. Andrée, ces autres femmes, tout cela par rapport à Albertine — comme Albertine avait été elle-même par rapport à Balbec — étaient de ces substituts de plaisirs se remplaçant l'un l'autre, en dégradation successive, qui nous permettent de nous passer de celui que nous ne pouvons plus atteindre, voyage à Balbec, ou amour d'Albertine (comme le fait d'aller au Louvre voir un Titien qui y fut jadis console de ne pouvoir aller à Venise), de ces plaisirs qui séparés les uns des autres par des nuances indiscernables, font de notre vie comme une suite de

zones concentriques, contiguës, harmoniques et
dégradées, autour d'un désir premier qui a donné
le ton, éliminé ce qui ne se fond pas avec lui et
répandu la teinte maîtresse (comme cela m'était
arrivé aussi par exemple pour la duchesse de
Guermantes et pour Gilberte). Andrée, ces femmes,
étaient pour le désir, que je savais ne plus pouvoir
exaucer, d'avoir auprès de moi Albertine, ce
qu'un soir, avant que je connusse Albertine autrement que de vue, avait été l'ensoleillement tor-
tueux et frais d'une grappe de raisin.

Associées maintenant au souvenir de mon
amour, les particularités physiques et sociales
d'Albertine, malgré lesquelles je l'avais aimée,
orientaient au contraire mon désir vers ce qu'il
eût autrefois le moins naturellement choisi : des
brunes de la petite bourgeoisie. Certes ce qui
commençait partiellement à renaître en moi,
c'était cet immense désir que mon amour pour
Albertine n'avait pu assouvir, cet immense désir
de connaître la vie que j'éprouvais autrefois sur
les routes de Balbec, dans les rues de Paris, ce
désir qui m'avait fait tant souffrir quand, sup-
posant qu'il existait aussi au cœur d'Albertine,
j'avais voulu la priver des moyens de le contenter
avec d'autres que moi. Maintenant que je pouvais
supporter l'idée de son désir, comme cette idée
était aussitôt éveillée par le mien, ces deux im-
menses appétits coïncidaient, j'aurais voulu que
nous pussions nous y livrer ensemble, je me disais :
cette fille lui aurait plu, et par ce brusque détour

pensant à elle et à sa mort, je me sentais trop
triste pour pouvoir poursuivre plus loin mon
désir. Comme autrefois le côté de Méséglise et celui
de Guermantes avaient établi les assises de mon
goût pour la campagne et m'eussent empêché de
trouver un charme profond dans un pays où il
n'y aurait pas eu de vieille église, de bleuets, de
boutons d'or, c'est de même en les rattachant en
moi à un passé plein de charme que mon amour
pour Albertine me faisait exclusivement rechercher un certain genre de femmes ; je recommen-
çais, comme avant de l'aimer, à avoir besoin
d'harmoniques d'elle qui fussent interchangeables
avec mon souvenir devenu peu à peu moins
exclusif. Je n'aurais pu me plaire maintenant
auprès d'une blonde et fière duchesse, parce
qu'elle n'eût éveillé en moi aucune des émotions
qui partaient d'Albertine, de mon désir d'elle,
de la jalousie que j'avais eue de ses amours, de
mes souffrances, de sa mort. Car nos sensations
pour être fortes ont besoin de déclancher en nous
quelque chose de différent d'elles, un sentiment,
qui ne pourra pas trouver dans le plaisir de satisfaction mais qui s'ajoute au désir, l'enfle, le fait
s'accrocher désespérément au plaisir. Au fur et
à mesure que l'amour qu'avait éprouvé Albertine
pour certaines femmes ne me faisait plus souffrir,
il rattachait ces femmes à mon passé, leur donnait
quelque chose de plus réel, comme aux boutons
d'or, aux aubépines le souvenir de Combray
donnait plus de réalité qu'aux fleurs nouvelles.

ALBERTINE DISPARUE

Même d'Andrée, je ne me disais plus avec rage :
« Albertine l'aimait », mais au contraire pour
m'expliquer à moi-même mon désir, d'un air
attendri : « Albertine l'aimait bien. » Je comprenais maintenant les veufs qu'on croit consolés
et qui prouvent au contraire qu'ils sont inconso-
lables, parce qu'ils se remarient avec leur belle-
sœur. Ainsi mon amour finissant semblait rendre
possible pour moi de nouvelles amours, et Albertine, comme ces femmes longtemps aimées pour
elles-mêmes qui plus tard sentant le goût de leur
amant s'affaiblir conservent leur pouvoir en se
contentant du rôle d'entremetteuses, paraît pour
moi, comme la Pompadour pour Louis XV, de
nouvelles fillettes. Même autrefois, mon temps
était divisé par périodes où je désirais telle femme,
ou telle autre. Quand les plaisirs violents donnés
par l'une étaient apaisés, je souhaitais celle qui
donnait une tendresse presque pure jusqu'à ce
que le besoin de caresses plus savantes ramenât
le désir de la première. Maintenant ces alternances
avaient pris fin, ou du moins l'une des périodes
se prolongeait indéfiniment. Ce que j'aurais voulu,
c'est que la nouvelle venue vînt habiter chez moi,
et me donnât le soir avant de me quitter un baiser
familial de sœur. De sorte que j'aurais pu croire
— si je n'avais fait l'expérience de la présence
insupportable d'une autre — que je regrettais
plus un baiser que certaines lèvres, un plaisir
qu'un amour, une habitude qu'une personne.
J'aurais voulu aussi que les nouvelles venues

pussent me jouer du Vinteuil comme Albertine, parler comme elle avec moi d'Elstir. Tout cela était impossible. Leur amour ne vaudrait pas le sien, pensais-je, soit qu'un amour auquel s'annexaient tous ces épisodes, des visites aux musées, des soirées au concert, toute une vie compliquée qui permet des correspondances, des conversations, un flirt préliminaire aux relations elles-mêmes, une amitié grave après, possède plus de ressources qu'un amour pour une femme qui ne sait que se donner, comme un orchestre plus qu'un piano, soit que plus profondément, mon besoin du même genre de tendresse que me donnait Albertine, la tendresse d'une fille assez cultivée et qui fût en même temps une sœur, ne fût — comme le besoin de femmes du même milieu qu'Albertine — qu'une reviviscence du souvenir d'Albertine, du souvenir de mon amour pour elle. Et une fois de plus j'éprouvais d'abord que le souvenir n'est pas inventif, qu'il est impuissant à désirer rien d'autre, même rien de mieux que ce que nous avons possédé, ensuite qu'il est spirituel de sorte que la réalité ne peut lui fournir l'état qu'il cherche, enfin que, s'appliquant à une personne morte, la renaissance qu'il incarne est moins celle du besoin d'aimer auquel il fait croire que celle du besoin de l'absente. De sorte que la ressemblance avec Albertine, de la femme que j'avais choisie la ressemblance même, si j'arrivais à l'obtenir, de sa tendresse avec celle d'Albertine, ne me faisaient que mieux sentir l'absence de ce que j'avais sans le savoir cherché de ce qui était indispensable pour que renaquît mon bonheur, c'est-à-dire Albertine elle-même, le temps que nous avions vécu ensemble, le passé à la recherche duquel j'étais sans le savoir. Certes, par les jours clairs, Paris m'apparaissait innombrablement fleuri de toutes les fillettes, non que je désirais, mais qui plongeaient leurs racines dans l'obscurité du désir et des soirées inconnues d'Albertine. C'était telle de celles dont elle m'avait dit tout au début quand elle ne se méfiait pas de moi : « Elle est ravissante cette petite, comme elle a de jolis cheveux. » Toutes les curiosités que j'avais eues autrefois de sa vie quand je ne la connaissais encore que de vue, et d'autre part tous mes désirs de la vie se confondaient en cette seule curiosité, voir Albertine avec d'autres femmes, peut-être parce qu'ainsi, elles parties, je serais resté seul avec elle, le dernier et le maître. Et en voyant ses hésitations, son incertitude en se demandant s'il valait la peine de passer la soirée avec telle ou telle, sa satiété quand l'autre était partie, peut-être sa déception, j'eusse éclairé, j'eusse ramené à de justes proportions la jalousie que m'inspirait Albertine, parce que la voyant ainsi les éprouver, j'aurais pris la mesure et découvert la limite de ses plaisirs. De combien de plaisirs, de quelle douce vie elle nous a privés, me disais-je, par cette farouche obstination à nier son goût ! Et comme une fois de plus je cherchais quelle avait pu être la raison de cette obstination, tout

221

d'un coup le souvenir me revint d'une phrase
que je lui avais dite à Balbec le jour où elle m'avait
donné un crayon. Comme je lui reprochais de ne
pas m'avoir laissé l'embrasser, je lui avais dit
que je trouvais cela aussi naturel que je trouvais
ignoble qu'une femme eût des relations avec une
autre femme. Hélas, peut-être Albertine s'était-
elle toujours rappelé cette phrase imprudente.

Je ramenais avec moi les filles qui m'eussent le moins plu, je lissais des bandeaux à la
vierge, j'admirais un petit nez bien modelé, une
pâleur espagnole. Certes autrefois, même pour
une femme que je ne faisais qu'apercevoir sur
une route de Balbec, dans une rue de Paris, j'avais
senti ce que mon désir avait d'individuel et que
c'était le fausser que de chercher à l'assouvir avec
un autre objet. Mais la vie, en me découvrant
peu à peu la permanence de nos besoins, m'avait
appris que, faute d'un être, il faut se contenter
d'un autre — et je sentais que ce que j'avais
demandé à Albertine, une autre, Mlle de Stermaria, eût pu me le donner. Mais ç'avait été
Albertine ; et entre la satisfaction de mes besoins
de tendresse et les particularités de son corps un
entrelacement de souvenirs s'était fait tellement
inextricable que je ne pouvais plus arracher à
un désir de tendresse toute cette broderie des
souvenirs du corps d'Albertine. Elle seule pouvait
me donner ce bonheur. L'idée de son unicité
n'était plus un *a priori* métaphysique puisé dans
ce qu'Albertine avait d'individuel, comme jadis

pour les passantes, mais un *a posteriori* constitué par l'imbrication contingente et indissoluble de mes souvenirs. Je ne pouvais plus désirer une tendresse sans avoir besoin d'elle, sans souffrir de son absence. Aussi la ressemblance même de la femme choisie, de la tendresse demandée avec le bonheur que j'avais connu ne me faisait que mieux sentir tout ce qui leur manquait pour qu'il pût renaître. Ce même vide que je sentais dans ma chambre depuis qu'Albertine était partie, et que j'avais cru combler en serrant des femmes contre moi, je le retrouvais en elles. Elles ne m'avaient jamais parlé, elles, de la musique de Vinteuil, des mémoires de Saint-Simon, elles n'avaient pas mis un parfum trop fort pour venir me voir, elles n'avaient pas joué à mêler leurs cils aux miens, toutes choses importantes parce qu'elles permettent, semble-t-il, de rêver autour de l'acte sexuel lui-même et de se donner l'illusion de l'amour, mais en réalité parce qu'elles faisaient partie du souvenir d'Albertine et que c'était elle que j'aurais voulu trouver. Ce que ces femmes avaient d'Albertine me faisait mieux ressentir ce que d'elle il leur manquait et qui était tout, et qui ne serait plus jamais puisque Albertine était morte. Et ainsi mon amour pour Albertine qui m'avait attiré vers ces femmes me les rendait indifférentes, et peut-être mon regret d'Albertine et la persistance de ma jalousie qui avaient déjà dépassé par leur durée mes prévisions les plus pessimistes n'auraient sans doute jamais

changé beaucoup, si leur existence, isolée du reste
de ma vie, avait seulement été soumise au jeu
de mes souvenirs, aux actions et réactions d'une
psychologie applicable à des états immobiles, et
n'avait pas été entraînée vers un système plus
vaste où les âmes se meuvent dans le temps comme
les corps dans l'espace. Comme il y a une géomé-
trie dans l'espace, il y a une psychologie dans le
temps, où les calculs d'une psychologie plane ne
seraient plus exacts parce qu'on n'y tiendrait
pas compte du temps et d'une des formes qu'il
revêt, l'oubli ; l'oubli dont je commençais à sentir
la force et qui est un si puissant instrument
d'adaptation à la réalité parce qu'il détruit peu
à peu en nous le passé survivant qui est en constante contradiction avec elle. Et j'aurais vraiment
bien pu deviner plus tôt qu'un jour je n'aimerais
plus Albertine. Quand j'avais compris, par la
différence qu'il y avait entre ce que l'importance
de sa personne et de ses actions était pour moi
et pour les autres, que mon amour était moins
un amour pour elle, qu'un amour en moi, j'aurais pu déduire diverses conséquences de ce
caractère subjectif de mon amour et qu'étant
un état mental, il pouvait notamment survivre
assez longtemps à la personne, mais aussi que
n'ayant avec cette personne aucun lien véritable,
n'ayant aucun soutien en dehors de soi, il devrait
comme tout état mental, même les plus durables,
se trouver un jour hors d'usage, être « remplacé »
et que ce jour-là tout ce qui semblait m'attacher

si doucement, indissolublement, au souvenir d'Albertine n'existerait plus pour moi. C'est le malheur des êtres de n'être pour nous que des planches de collections fort usables dans notre pensée. Justement à cause de cela on fonde sur eux des projets qui ont l'ardeur de la pensée ; mais la pensée se fatigue, le souvenir se détruit, le jour viendrait où je donnerais volontiers à la première venue la chambre d'Albertine, comme j'avais sans aucun chagrin donné à Albertine la bille d'agate ou d'autres présents de Gilberte.

ACHEVÉ D'IMPRIMER
LE 2 FÉVRIER 1926
PAR F. PAILLARD A
ABBEVILLE (SOMME).

www.ingramcontent.com/pod-product-compliance
Lightning Source LLC
Chambersburg PA
CBHW061501030726
47503CB00005B/1766